© 2021 Alice Easton
1. Auflage
Umschlaggestaltung, Illustration: A. Easton
Verlag und Druck: tredition GmbH, Halenreie
40-44, 22359 Hamburg
ISBN
978-3-347-31723-9 (Paperback)
978-3-347-31724-6 (Hardcover)
978-3-347-31725-3 (e-Book)

Nuriel musste zeitig lernen für sich selbst zu sorgen. Seine Eltern kamen durch einen Überfall ums Leben und sein Onkel, der eigentlich für ihn Sorgen sollte, macht sich aus dem Staub, aber nicht, ohne ihm etwas zu hinterlassen.
Ein großer Berg an Schulden, den er sich von dem Mafiaboss geliehen hat.

Als Dexter, der Mafiaboss von Las Vegas, ein Foto des jungen Mannes sieht, ist es um ihn geschehen. Die unschuldigen braunen Augen bewegen etwas ihn ihm. Zu Anfang möchte er Nuriel besitzen und unterwerfen, doch als er vor ihm steht, weckt es mehr in ihm als bloßes Verlangen.

Gay/ Mafia/ (Dark-)Romance

Die Autorin wurde im September 1997 geboren, schreibt und veröffentlicht unter dem Namen Alice Easton Ihre Werke.
In Ihrer Freizeit widmet Sie sich dem Lesen, Zeichnen und Schreiben von eigenen Geschichten.

Triggerwarnung

In diesem Buch werden folgende, unten aufgeführte Inhalte angesprochen. Diese können Auslöser schwieriger Gefühle, Erinnerungen oder Flashbacks sein.
Bitte sei achtsam, wenn dies bei dir der Fall ist!

BDSM
Darstellung/ Erwähnung körperlicher und seelischer Gewalt/ Missbrauch
Blut/ Tod
Süchte (Alkohol, Drogen, etc.)
Mafia

Keines der oben genannten Themen befürworte oder unterstütze ich.

Playlist

Welshly Arms- Legendary
Ed Sheeran- Thinking out Loud
Adele- Skyfall
Bad Wolves- Zombie
Eurythmics- Sweet Dreams
Sia- Bird Set Free
Lady Gaga- Bad Romance
Timbaland- The Way I Are
The Withe Stripes- Seven Nation Army
Zoe Wees- Control (Aribo Bootleg)
AWOLNATION- Sail
Luis Fonsi- Despacito
DEF LEPPARD- Rock of Ages
Taylor Swift- Shake it Off
Nico Santos- Rooftop
LUM!X- Monster
Ed Sheeran feat. Eminem- River
Andrew belle- In my veins
Lana Del Rey- Young and Beautiful
Linkin Park- One More Light
Snow Patrol- Chasing Cars
One Republic- Let´s Hurt Tonight
Ed Sheeran- Kiss me
Twin Forks- Back to You

Die Playlist wurde erstellt, um jedes Kapitel zu unterlegen.

Nuriel

play of desire

Alice Easton

Prolog
Nuriel

Das Wetter passte zu meiner Stimmung, es regnete und der Himmel war mit dunklen Wolken überzogen, sodass man meinen könnte, die Sonne würde nie mehr scheinen. Blitze zogen sich über meinem Kopf und beleuchteten die Umgebung.

Meine Kleidung war komplett durchgeweicht und selbst zwischen meinen Zehen sammelte sich das Wasser, aber ich hatte im Moment größere Probleme, als meine nassen Klamotten.

Die Männer schubsten mich weiter vorwärts und ich stolperte in eine große Pfütze, welche sich direkt vor mir befand, landete mit dem Gesicht im schmutzigen Wasser. Ein starker Griff riss mich hoch und brachte mich wieder auf die Füße. Ich musste immer weiter gehen.

Der dunkle Wolkenkratzer ragte gefährlich in den Himmel und wurde von den zuckenden Blitzen in Szene gesetzt.

Wir hatten endlich den Eingang erreicht, aber mir blieb keine Zeit mich umzusehen. Meine Begleiter schoben mich zu den Fahrstühlen und ich fing an zu zittern. Ich schlang meine Arme um meinen Oberkörper und versuchte ruhig zu atmen, versuchte rational zu denken. Ich musste hier irgendwie raus. Die Fahrstuhltür ging mit einem Ping auf und meine Augen weiteten sich, mein Herz schlug schneller und pochte unaufhörlich gegen meinen Brustkorb. Ich wusste nicht, wie ich mich aus dieser absurden Situation befreien sollte. Denn wie entkam man schon der Mafia?

Kapitel 1
Nuriel

Ich machte los, aus dem Haus, was meinem Zuhause am nächsten kam, bevor die Sonne richtig aufgegangen war. Ich hatte einmal den Fehler gemacht und zu lange gewartet. Mein Onkel war damit nicht gerade zufrieden gewesen und zog mir die aufgeschlagene Bierflasche durch das Gesicht. Die Narbe auf meinem Wangenknochen erinnerte mich jeden Tag daran, dass ich pünktlich hier weg kommen musste.

Ich kramte meine Sachen zusammen und schlich aus dem Haus. Leise schloss ich die Haustür, zog mir die Kapuze meines abgenutzten Hoodies über den Kopf und ging davon.

Ich ging durch Downtown und war auf dem Weg zum nördlichen Strip von Las Vegas. Dort hatte sich in dem Lauf der Zeit die Aufmerksamkeit von den Bewohnern und Touristen hin verlagert. Außerdem bekam man dort auch wesentlich mehr Geld, als in Downtown, wo ich mit meinem Onkel in einer zwei Zimmer Wohnung lebte und das war weit weg von den schönen Seiten von Downtown, welche noch geblieben waren und wohin sich gelegentlich noch Touristen verirrten.

Die Sonne ging langsam auf und die Luft wurde

wieder erdrückend warm und stickig. Auf dem Rücken hatte ich meine alte Gitarre geladen, die mir als einziges aus meinem alten Leben geblieben war.

Meine Eltern hatten sie mir geschenkt, als ich angefangen hatte zu spielen. Es war ungefähr als ich acht Jahre alt war, damals klang alles noch falsch und schief. Ich hatte meine Eltern sicher einige Male um den Verstand gebracht, als ich bis in die Nacht versucht hatte die richtigen Töne zu treffen. Aber niemals waren sie auf die Idee gekommen mir meine Musik zu nehmen. Meine Augen strahlten jedes Mal, wenn ich dann doch endlich die Noten getroffen hatte und es wurde zum Ritual, statt einer Gute Nacht Geschichte, ihnen ein Lied vorzuspielen.

Meine Kindheit war voller Liebe und vollkommen unbeschwert gewesen, deswegen hatte mich der Tod meiner Eltern schwer getroffen. Ich vermisste die Liebe, die sie mir mit jedem Blick geschenkt hatten.

Die Beiden waren in einem schickten Restaurant gewesen um ihren Hochzeitstag zu feiern, aber als sie hinaus gingen, um nach Hause zu fahren, wurden sie ausgeraubt und erschossen. Meine Eltern waren nie reich gewesen und hatten immer mal wieder nur etwas Geld zur Seite gelegt, damit sie einmal schick essen gehen konnten, wenn der Anlass es zuließ.

Ich werde niemals vergessen, wie ich zur Tür ging und meine Eltern erwartet hatte, aber es stand die Polizei davor und überbrachte mir die schlimmste Nachricht meines Lebens. Ich hatte weder einen Schulabschluss, noch sonstige Ersparnisse.

Ich wurde zu meinem Onkel abgeschoben und durfte nur eine kurze Zeit weiter zur Schule gehen. Nach ein paar Wochen machte mir mein Onkel Benjamin einen Strich durch meine Zukunft und untersagte mir weiter dorthin zu gehen. Zeitverschwendung nannte er es. Von diesem Augenblick an, musste ich das Geld nach Hause bringen, um irgendwie über die Runden zu kommen.

Man könnte sagen, ich musste verdammt schnell lernen, wie man erwachsen wird. Inzwischen war ich 20 Jahre alt und der Tod meiner Eltern lag fast fünf Jahre zurück.

Ein Seufzen entkam mir, aber für Trauer war keine Zeit, denn ich hatte inzwischen mein Ziel erreicht. Der Las Vegas Strip war 6,8 km lang und bekannt für seine vielen Casinos und unzähligen Luxushotels. Ein Schauplatz für Touristen und viel Fußgängerverkehr.

Ich war in der Nähe vor dem Flamingo Hotel.

Imposant ragte das Gebäude Richtung Himmel und versuchte noch etwas Schatten zu spenden, für die Menschen, die durch die Straßen zogen.

Ich nahm meine Gitarre vom Rücken und packte sie aus dem Koffer aus. Diesen stellte ich provokant vor mich und ließ ihn offen, damit die Schaulustigen etwas Geld hinein werfen konnten.

Die Sonne stand hoch am Himmel und leider stand ich mitten in der Sonne, auch wenn das Gebäude im meinem Rücken einen großen Schatten warf, so hatte ich leider nichts davon. Es nützte alles nichts, ich strich mir meine dunkelblonden Haare, welche mir mit den Spitzen schon in die Augen fielen, aus dem Gesicht und setzte die ersten Noten an.

Mein erstes Lied dieses Tages war von „*Ed Sheeran*". Ich ließ meine Finger über die Saiten der Gitarre fahren und sang „*Thinking out Loud*".

Der Tag brachte mir einiges an Geld und ich macht zu Mittag eine kleine Pause, holte mir etwas zu trinken und einen kleinen Snack und machte dann weiter. Als die Sonne langsam hinter den großen Gebäuden verschwand, packte ich meine Sachen zusammen und zählte mein Geld, welches ich verdient hatte. Ich hatte es schon aufgegeben etwas zur Seite zu legen, denn mein Onkel fand selbst die besten Verstecke in der kleinen Wohnung. Jedes Mal war es weg, die Enttäuschung groß, und so gab ich einfach auf und legte das Geld auf den klapprigen alten Tisch der in der Küche stand, welche nur aus einer winzigen Zeile bestand, damit Benjamin es sich nehmen konnte.

Ich schlenderte durch Vegas und ließ mir absichtlich Zeit. Ich hatte die Hoffnung, dass mein Onkel schon zu viel getrunken hatte und in einen tiefen Schlaf gefallen war, damit ich meine Ruhe hatte.

Ich löste den Hoodie von meiner Hüfte, den ich den ganzen Tag dort verstaut hatte, denn es wurde dunkel und die Sonne wich den Lichtern der Stadt, welche die Gebäude in Szene setzten.

Ich genoss den leichten Hauch von Luft, welcher durch die Straßen zog und schloss einen kurzen Moment die Augen. In der Ferne vernahm ich Sirenen, was nicht ungewöhnlich war. Las Vegas war eine Stadt, die niemals schlief. Noch immer gingen viele Menschen durch die Straßen und lachten, sahen sich die vielen Farben und Sehenswürdigkeiten an. Ich allerdings zog mir die Kapuze ins Gesicht und betrat eine Welt, welche vor den unzähligen Menschen verborgen bleib.

Kapitel 2
Dexter

Benjamin Jenson.

54 Jahre alt.

Keine Frau.

Keine eigenen Kinder.

Das Einzige, was mich interessierte waren meine vierhundert tausend Dollar, die er mir noch immer nicht zurück gezahlt hatte.

Der lächerliche Mann hatte mich vor Jahren auf Knien angefleht, ihm Geld zu leihen, allerdings gingen seine Rückzahlung schleppend voran, bis zu dem Zeitpunkt, als sie völlig versiegten.

Meine Männer waren an ihm dran und beschatteten jeden Aspekt seines Lebens. Es gab unzählige Fotos, jedes einzelne von den Bildern noch erbärmlicher als das Andere. Er lebte in Downtown, und dort auch noch in einem heruntergekommenem Viertel, was selbst für ihn nicht bezahlbar war. Der Mann sollte eigentlich unter einer Brücke leben. Schließlich hatte er kein Einkommen. Ich kniff meine Augen zusammen und massierte mir meinen Nasenrücken.

Warum lieh man sich von einem Mafiaboss Geld und konnte noch nicht einmal einen Teil davon zurück zahlen? Waren die Leute eigentlich so weit beschränkt, dass ihnen die Konsequenzen nicht klar waren? Auch wenn ich mit diesem Geschäft viel Geld machte, so konnte ich die Logik der Menschen einfach nicht verstehen.

Ich schenkte mir noch einen Single Malt Scotch Whiskey, Springbank 1919, ein. Ich hatte für die Flasche circa 50000 Dollar hingelegt, aber der Geschmack war unbezahlbar. Ich nahm noch einen Schluck und ließ den Geschmack auf der Zunge, bevor ich den teuren Tropfen herunter schluckte. Sein rauchiges Aroma entfaltete sich in meinem Mund und ich schloss die Augen. Jeder Dollar war diese Flasche Wert gewesen und ich hätte vermutlich noch ein Glas genommen, wenn nicht die Unterlagen vor mir lagen, welche ich noch durchsehen musste.

Ich blätterte weiter durch die Aufzeichnungen, welche mir meine rechte Hand angefertigt hatte. Meine rechte Hand hieß Reuben und arbeitete schon Jahre für mich. Er war loyal und stärkte mir in jeder Situation den Rücken. Hätte ich einen besten Freund, würde ich tatsächlich ihn dazu ernennen, aber Männer wie ich hatten keine Freunde, nur Verbündete oder Feinde, aber ich konnte mich glücklich schätzen, das Reuben nicht zu meinen Feinden gehörte.

Ich blätterte um und ging jede Information durch,

welche meine Männer über Benjamin Jenson finden konnten, aber wirklich ertragreich waren diese nicht. Ich wollte schon den Haufen an Zetteln weg schmeißen, als ich zu den letzten Seiten kam und noch einmal umblätterte. Ein neuer Name tauchte in den Unterlagen auf und stach mir ins Auge.

Nuriel Jenson.

20 Jahre alt.

Eltern: Verstorben.

Gesetzlicher Vormund: Benjamin Jenson.

Anbei befand sich ein Foto und ich blickte in haselnussbraune Augen und in verlockende dunkelblonde Haare, welche in sein Gesicht fielen und seine wunderschönen Augen schon fast verdeckten. Seine Haut war hell und brachte diese unschuldig wirkenden Augen nur noch mehr zur Geltung.

Ich las mir einige Details zu dem jungen Mann durch und ein kleines Lächeln schlich sich auf meine Lippen, als ich mir noch einen Schluck vom Whiskey genehmigte.

Mein Handy lag vor mir auf dem Tisch und ich ergriff es, wählte eine wohlbekannte Nummer. Nach ein paar Sekunden nahm Reuben schon ab und erkundigte sich nach meinem Befinden.

Mein Lächeln wuchs und ich gab ihm ein paar

Anweisungen.

Er fragte nicht nach, was eine seiner besten Eigenschaften war. Ich legte auf, mein Handy wieder auf dem Tisch vor mir, und ließ mich in dem Sessel zurück sinken. Wieder wanderte mein Blick auf das einzige Foto von ihm, welches ich besaß und ich fühlte wie meine Hose immer enger wurde.

In wenigen Stunden würde er vor mir sein, am besten auf Knien.

Nuriel.

Was für ein wundervoller Name.

Wenn ich mich recht entsinne, hatte ich mal gelesen, dass ein Engel so hieß. Ein wirklich passender Name für den jungen Mann.

Ich leckte mir über die Lippen und konnte den Geschmack meines Whiskeys schmecken, aber ich war mir sicher, dass der kleine Engel sogar noch besser schmecken würde.

Kapitel 3

Nuriel

Vor dem heruntergekommen Haus angekommen, bemerkte ich sofort die zwei teuren Wagen, welche viel zu viel Aufmerksamkeit auf sich zogen. Ich wurde nervös und sah mich um, aber keine Menschenseele regte sich in meiner Umgebung.

Mit langsamen Schritten lief ich die Stufen hoch und öffnete mit meinem Schlüssel die Tür, allerdings kam ich gar nicht soweit, denn die Tür wurde aufgerissen und eine große Hand landete auf meinem Mund und zog mich in die kleine zwei Zimmer Wohnung hinein, welche mein Onkel besaß. Ich hatte noch nicht einmal Zeit Luft zu holen. Ich versuchte verzweifelt Luft in meine Lunge zu bekommen.

Mir stießen Tränen in die Augen und ich hatte wahnsinnige Angst. Wo war mein Onkel?

Hatten meine Eltern auch so ihr Ende gefunden? Dieser Gedanke schoss mir durch den Kopf und ich schloss die Augen, versuchte mich zu beruhigen und die schlimmsten Gedanken zu verdrängen. Mir bleib allerdings keine Zeit, um weiter darüber nach zu denken, denn ich wurde unsanft auf einen Stuhl gedrängt und mir wurden die Hände mit irgendwas zusammengebunden. Panisch öffnete ich die Augen und sah mich um und suchte nach irgendwelchen Hinweisen, dass dies alles ein riesengroßer Scherz sein sollte, aber nichts wies darauf hin.

Ein Mann mit schwarzem Anzug durchsuchte meinen Gitarrenkoffer, welchen man mir gleich mit abgenommen hatte, als ich in die Wohnung gezehrt wurde.

„Bitte nicht." Einzelne Tränen rannen aus meinen Augen und ich stotterte die Wörter hinaus.

Meine Wange brannte und vor mir tauchte noch ein Mann auf. Auch dieser hatte einen schwarzen Anzug an und starrte von oben auf mich hinab.

„Halt die Klappe." Mit einem Mal registrierte ich, dass er mir eine Ohrfeige verpasst hatte und mir wich alles Blut aus meinem Gesicht. Mein Körper fing an zu zittern und ein leises Wimmern entkam meinen Lippen, welche ich sofort wieder zusammen presste, da mir der Mann, welcher vor mir stand, einen kalten Blick zuwarf. Ich wollte nicht noch einmal geschlagen werden.

Ich schloss die Augen erneut und bekämpfte die Tränen und die schlimmsten Szenen, welche sich in meinem Kopf zusammenbrauten.

„240 Dollar." Der Mann, welcher meinen Koffer mit meiner Gitarre durchsucht hatte, hatte offensichtlich meine heutige Ausbeute gefunden und schmiss diese mit einer Wucht auf den Tisch, dass einzelne Münzen durch die Gegend sprangen. Ich öffnete meine Augen und sah die Gestalten vor mir, konnte allerdings nur schwarze Anzüge erkennen. Die Kleidung konnte allerdings nicht verdecken, dass die Männer unter den Anzügen muskulös und kräftig gebaut waren.

Ich schluckte die Galle hinunter, welche mir aufstieß und sofort hinterließ diese einen sauren Geschmack in meinem Mund.

„Wir nehmen ihn mit." Ein weiterer Mann kam aus dem einzigen Schlafzimmer, welches mein Onkel und ich besaßen und packte mich an den Haaren.

„Keiner fasst ihn an, bis der Boss alles weitere entschieden hat." Mit diesen Worten ließ er meine dunkelblonden Haare wieder los und ich sackte in mich zusammen. Wusste nicht wie es weitergehen sollte.

Die Männer machten mich los und führten mich zu den zwei teuren Wagen, welche ich nun genauer ansah. Es handelte sich bei beiden Wagen um Mercedes. Welches Modell genau, konnte ich nicht sagen, es war mir auch egal. Was mir allerdings nicht egal war, war, dass diese Autos mich weg bringen würden, und ich hatte die

Befürchtung, dass ich niemals in mein Leben zurück kehren konnte.

Auf der Fahrt, die mir wie Stunden vorkam, braute sich ein Gewitter über uns zusammen und ich erschrak bei jedem Blitz oder Donner, der über uns zu sehen und hören war.

Meine Gedanken wanderten kurz zu einen kleinen Moment, in dem ich meinen Onkel vor ein paar Monaten belauscht hatte. Wer die andere Person gewesen war, mit der er geredet hatte, wusste ich bis heute nicht, aber ich hatte jedes Wort gehört. Zu diesem Zeitpunkt wollte ich es nicht glauben, aber jetzt tat ich es.

„Ich hab das Geld nicht." Mein Onkel klang wütend und irgendwie verzweifelt. „Du hast ihn um Geld begeben und nur ein Idiot zahlt ihm nichts zurück. Wer würde sich auch mit dem Boss von Las Vegas anlegen?"

Wie Teile eines Puzzles fügte sich alles zusammen und ich schluckte meine Panik hinunter, als der Wagen anhielt.

Meine Kleidung war komplett durchgeweicht, als wir ausstiegen und selbst zwischen meinen Zehen sammelte sich kurzerhand das Wasser, weil meine Schuhe auch schon bessere Zeiten durchlebt hatten. Ich trug meine Sachen immer so lange ich konnte, denn mein Geld brauchte ich für wichtigere Dinge, zum Beispiel Essen oder Trinken. Aber ich hatte im Moment größere Probleme, als meine nassen Klamotten.

Die Männer schubsten mich weiter vorwärts und ich stolperte in eine große Pfütze, landete mit dem Gesicht im schmutzigen Wasser. Ein starker Griff riss mich hoch und brachte mich wieder auf die Füße. Ich musste immer weiter gehen. Der dunkle Wolkenkratzer ragte gefährlich in den Himmel hinauf und wurde von den zuckenden Blitzen in Szene gesetzt.

Wir hatten endlich den Eingang erreicht, aber mir blieb keine Zeit mich umzusehen. Meine Begleiter schoben mich zu den Fahrstühlen und ich fing an zu zittern. Ich schlang meine Arme um meinen Oberkörper. Meine Hände wurden vorhin im Auto von den Fesseln befreit und ich versuchte ruhig zu atmen, versuchte rational zu denken. Ich musste hier irgendwie raus. Die Fahrstuhltür ging mit einem Ping auf und meine Augen weiteten sich, mein Herz schlug schneller und pochte unaufhörlich gegen meinen Brustkorb. Ich wusste nicht, wie ich mich aus dieser absurden Situation befreien sollte, denn wie entkam man schon der Mafia?

Ich wurde in einen Gang geschoben, in welcher sich nur eine Tür befand, welche nun direkt vor uns war. Ich schluckte und einer der Männer öffnete nach einmaligem Anklopfen die Tür.

„Los rein mit dir." Ein Mann hinter mir schubste mich durch die geöffnete Tür und als diese ins Schloss fiel, fragte ich mich, ob ich jemals wieder hier hinaus kommen würde.

Als ich mein Gleichgewicht wieder gefunden hatte, sah ich mich um und ich wusste nicht was ich sagen sollte. Der Raum war gigantisch groß, vor uns eine riesige Fensterfront, welche Las Vegas von oben zeigte. Die Lichter der Stadt erhellten den Raum und tauchten die wenigen hochwertigen Möbel in ein mysteriöses Licht.

Meine Augen waren weit aufgerissen und ich sah bestimmt aus wie ein Kleinkind, welches zum ersten Mal zu Weihnachten einen geschmückten Baum sah. Mein Mund stand offen und ich drehte mich einmal um mich selbst, damit ich alles aufnehmen konnte. Kurze Zeit vergaß ich in welcher Situation ich mich befand. Vergaß das mein eigener Onkel mich in eine unausweichliche Situation gebracht hatte, die Männer hinter mir waren nicht wichtig. Bis zu dem Moment, als eine rauchige Stimme befehlend durch diesen atemberaubenden Raum schnitt und mich auf meiner Position festfror.

Langsam bewegte sich mein Körper zu der Stimme, welche mich magisch anzog und für einen winzigen Moment entfiel mir, wie man atmete und sprach. Ich fühlte mich wie ein Zombie und sämtliche Gedanken legten eine Vollbremsung hin.

Ein großer Körper stand nun vor mir und ich konnte nur eine schwarze Gestalt erkennen. Ich hob meinen Kopf und sah sie.

Wunderschön.

Gefährlich.

Smaragdgrüne Augen.

Kapitel 4
Dexter

Noch immer hatte ich das Foto vor mir auf dem Tisch liegen und ich starrte es unentwegt an, als würde es ihn sofort zu mir holen können, was natürlich nicht möglich war. Dafür waren aber meine Männer zuständig, welche ich beauftragt hatte, den jungen Mann zu mir zu holen. Die Augen hatten mich auf dem Foto in den Bann gezogen, konnte nicht mehr weg sehen.

Immer und immer wieder stellte ich mir Szenarien vor, die definitiv nicht jugendfrei waren. Er vor mir. In meinem Spielraum, welchen er bald verfluchen und zugleich herbei sehnen würde.

Die süßesten Träume beherrschten meine Gedanken, als mich mein Handy in die Wirklichkeit riss. Genervt knirschte ich mit den Zähnen und holte schnell mein Handy, welches ich vorhin verstaut hatte, aus der Anzugstasche meiner Hose.

Reuben.

Ich kniff die Augen zusammen und fragte mich was er wollte, meine Anweisungen waren klar und deutlich gewesen. Ich nahm ab und mein Blick wanderte von dem Foto, zu den Wolken, die Regen ankündigten.

Das Wetter in Las Vegas war warm und sehr selten regnete es, schließlich lag die Stadt in der Wüste und somit konnte man die Niederschläge im Monat an den Händen abzählen.

„Was?" Meine kalte Stimme schnitt durch die Luft und ich konnte hören wie sich Reuben zusammenreißen musste. Er sollte ruhig Angst haben, wenn ich den jungen Mann nicht bald bei mir hatte. Reuben räusperte sich und fing an zu sprechen.

„Wir sind in der Wohnung. Leider gibt es keine Spur von ihm."

Ich kniff mir in den Nasenrücken und versuchte tief durch zu atmen.

„Dann findet ihn.", presste ich zwischen den Zähnen hervor.

Meine Gedanken wanderten zu den Aufzeichnungen. „Er besorgt sicher noch Geld für seinen armseligen Onkel. Wartet dort und wenn er die Nacht nicht auftaucht, dann sucht ihr die ganze Stadt nach ihm ab. Solange bis ihr ihn gefunden habt. Hab ich mich klar ausgedrückt?"

„Natürlich Boss." Reuben antwortete und ich atmete noch einmal tief durch. Ich kannte meine rechte Hand schon ziemlich lange und ich wusste, dass er mir noch etwas mitzuteilen hatte.

„Benjamin Jenson ist ebenfalls nicht hier. Die

Nachbarn haben wir befragt und mit etwas Nachdrück, haben wir Informationen erhalten. Sie hatten ihn heute Morgen aus dem Haus gehen sehen, was untypisch für ihn ist. Er hatte wohl eine Tasche bei sich und auch die Wohnung weist darauf hin, dass er nicht mehr zurück kommen wird. Es befinden sich nur noch ein paar Sachen zum Anziehen hier, sicher für den jungen Mann."

Ich überlegte und wiegte kurz meine Prioritäten ab. Schnell kam ich zu dem Schluss, dass Benjamin Jenson meine kleinste Begierde war.

„Vergesst ihn. Ich will den Jungen haben."

Ich konnte förmlich sehen, wie Reuen nickte und ich beendete den Anruf.

Nuriel Jenson.

Sein Foto war hypnotisierend und ich nahm es erneut in die Hand, in der anderen mein Glas mit dem restlichen Wishky.

Ich strich über seinen Körper, als könnte ich ihn damit aus dem Bild befördern. Das Bild war glatt und angenehm auf der Haut zu spüren, ich konnte mir vorstellen, dass er sich in natura auch so anfühlen würde.

Die Zeit zog sich wie Kaugummi und ich stand auf und lief unruhig in meinem riesigen Loft hin und her. Ging in mein Schlafzimmer, bis ins Bad unter die Dusche. Mein Schwanz war steif und selbst das kalte Wasser, welches meinen muskulösen Körper hinunter ran, konnte ihn nicht beruhigen. Meine Hand wanderte automatisch zu meiner Erektion. Ich stellte mir vor, wie er vor mir knien würde und seine vollen Lippen sich um meinen Penis legten.

Unter heftigem Keuchen erlebte ich einen Orgasmus. Mein Sperma schoss raus und landete auf der Glaswand, welche die Dusche vom restlichen Bad trennte.

Nachdem ich mich beruhigt hatte und der Orgasmus verklungen war, trat ich aus der Dusche. Ich sah durch die Fensterfront, die sich auch in meinem Hauptschlafzimmer weiter erstreckte und hörte endlich die erlösenden Worte.

„Los rein mit dir."

Ich zog mir einen Anzug an und ging mit raubtierhaften Schritten zurück, in das geräumige Wohnzimmer und sah ihn zum ersten Mal vor mir stehen.

Er war durchnässt und seine dunkelblonden Haare wirkten durch den Regen und durch das wenige Licht im Raum fiel dunkler.

Ihm war sein Staunen anzusehen und es schlich sich ein Lächeln in mein Gesicht, welches ich noch nie zuvor aufgelegt hatte.

„Ihr könnt gehen!" Meine Stimme ließ keinen

Raum für Spekulationen und ich sah wie der junge Mann zusammen zuckte. Ich trat direkt vor ihn und seine Augen scannten mich ab, bis zu dem Moment als er in meine Augen sah.

Er ging mir schon jetzt viel zu tief unter die Haut, aber ich wollte ihn unbedingt.

Seine unschuldigen haselnussbraunen Augen, welche Schock geweitet aufgerissen waren und mich anstarrten.

Kapitel 5
Nuriel

Smaragdgrüne Augen.

Ich fühlte mich Gefangen in seinem Blick und ich konnte keine einzige Sekunde meine Augen von diesem Mann lösen. Mein Atem stockte und ich hatte das Gefühl, als wüsste ich nicht mehr, wie ich atmen sollte.

„Ihr könnt gehen!" Seine Stimme war wie flüssiges Öl und jagt mir einen Schauer über den ganzen Körper.

Der Mann fährt sich durch seine kurzen rabenschwarzen Haare und kommt mir gefährlich nah. Unüberlegt mache ich einen Schritt zurück und er kneift die Augen zusammen, fixiert mich. Als wäre ich seine Beute und er mein Jäger.

Dieser Gedanke turnt mich so an, dass ich fühlen kann, wie sich mein Penis versteift. Eine Reaktion die ich noch nie in diesem Ausmaß wahrgenommen habe.

Meine ständige Anstrengung nach Geld, ließ mir keine Zeit für andere Aktivitäten, also war ich mit zwanzig Jahren noch immer Jungfrau. Offensichtlich entgeht ihm meine Reaktion nicht und ein verboten gehörendes Grinsen schleicht sich auf seine Gesichtszüge.

Ich bleibe stehen, wie ein Reh im Scheinwerferlicht und er beugt sich langsam zu mir.

„Setz dich." Fast wären meine Beine eingeknickt, doch ich besann mich meiner Situation, fasste den ersten klaren Gedanken, als ich in diese Wohnung hinein gegangen war.

Er macht kehrt, wartet nicht auf mich, und setzt sich in einen Sessel und deutet mir, mich ihm gegenüber zu setzten. Mit bedachten Schritten und ohne ihn aus den Augen zu lassen, mache ich mich auf den Weg zu der Couch und sitze nun vollkommen verkrampft auf dem dunkelbraunen Leder.

Der gutaussehende Mann nimmt sich eine Fernbedienung, die vor ihm auf dem kleinen Tisch liegt und drückt darauf herum. Augenblicklich erhellt sich der Raum und ich schließe meine Augen, da es gerade noch dämmrig, durch die Lichter der Stadt war, meine Augen müssen sich erst an das angeschaltete Licht gewöhnen.

Seine rauchige Stimme bringt mich fast dazu zu stöhnen, dies konnte ich gerade noch unterdrücken.

„Weißt du warum du hier bist?" Seine smaragdgrünen Augen fixierten mich und ich rutschte unruhig auf der Couch herum.

„Mein Onkel hat sich bei Ihnen Geld geborgt?" Es klang zwar wie eine Frage, aber insgeheim hatte ich mir schon alles zusammen gereimt. Zufrieden nickte der gutaussehende Mann mir gegenüber.

„Korrekt. Leider ist dein Onkel nicht auffindbar. Der Einzige der seine Schulden begleichen kann bist du."

Direkt- den Nagel auf den Kopf getroffen. Niedergeschlagen senkte ich meinen Blick und ich dachte fieberhaft nach, was ich tun konnte, um aus dieser Situation zu entkommen.

„Du weißt nicht zufällig wo sich dein Onkel versteckt hat?" Ich schüttelte nur den Kopf und hoffte, dass dies alles ein Missverständnis war.

Die Minuten zogen sich und ich wurde immer unruhiger. Der Mann gegenüber machte mich unruhig und ich hatte mich noch nie im Leben so wie ein Kind gefühlt. Er machte mich nervös und ich brachte keinen vernünftigen Gedanken zustande.

Sein Blick lag weiterhin auf mir.

„Ich kann versuchen das Geld zurück zu geben, aber das könnte ziemlich lange dauern. Ich habe keinen richtigen Job und wenig gespart." Nervös knetete ich die Hände und ich plapperte vor mich hin, bis mich seine Stimme unterbrach.

„Heute warst du auf dem Strip unterwegs, vor

dem Flamingo Casino und Hotel. Hast etwas Geld mit deiner Gitarre verdient. Hast noch nicht einmal so viel zusammen, damit du den nächsten Monat die Miete bezahlen kannst. Wie also gedenkst du 400.000 Dollar zurück zu zahlen?"

Ich schluckte und rechnete durch, aber das Ergebnis blieb gleich. Ich mein ganzes Leben dafür brauchen und das Geld hätte ich immer noch nicht zusammen.

Ich schluckte meine Widerworte hinunter und mir kamen die Tränen. Eine einsame Träne floss über meine Wange und ich merkte, dass ich hier nicht mehr hinaus konnte, mein Onkel hatte gut dafür gesorgt.

„Bitte. Was kann ich tun?" Flehend sah ich den Mann an, ich würde bitten und betteln, aber ich wollte hier noch nicht drauf gehen. Ich war gerade einmal 20 Jahre jung, hatte noch nicht einmal richtig gelebt. Wollte noch so viel erreichen, aber diese Möglichkeit hatte man mir beraubt.

Meine Atmung kam stockend und ich versuchte mein Herz und meine Atmung wieder unter Kontrolle zu bringen.

„Du wirst die Schulden deines Onkels bei mir begleichen. Du bleibst bei mir, was genau du machen sollst sage ich dir gern."

Mit großen Augen sah ich dem attraktiven Mann

an.

„Mein Name ist Dexter Rune und ich bin der Boss der Mafia von Las Vegas. Ich will dich in meinem Bett und du wirst mir aufs Wort gehorchen. Keine Widerworte geben. Dich mir hingeben."

Mit jedem Wort rutschte er weiter in seinem Sessel vor und kam mir näher und näher.

Meine Gedanken machten eine Vollbremsung und ich sprang auf, versuchte weg zu rennen, aber ich kam nicht weit. Seine Hände umfassten meine Unterarme und ich wurde gegen die nächste Wand gedrückt. Sein warmer Atmen kitzelte meinen Hals und seine Lippen streiften mein Ohr.

„Versuch das noch einmal und es wird dein letztes Mal sein."

Ich versuchte ein Wimmern zu unterdrücken, was mir nicht recht gelang und im Augenwinkel konnte ich erkennen, dass sich auf seine Lippen ein gefährliches Lächeln zeigte.

„Bitte nicht." Er strich mir mit seinen Fingern meine Haare zurück und legte meinen Hals frei. Mein Körper fing an zu zittern, aber er hielt in fest, damit meine Beine nicht unter mir nachgaben.

Ich fühlte etwas Feuchtes an meinem Hals und mein Puls pochte in erstaunlicher Geschwindigkeit. Seine Lippen verharrten auf meiner Halsschlagader und ich verfiel in eine

Schockstarre, konnte mich nicht einen Zentimeter bewegen.

Ich hörte im Hintergrund eine Tür und ich versuchte meine Körperbeherrschung wieder zu finden.

Der Mafiaboss lockerte seinen Griff und ich konnte wenigstens meinen Kopf drehen und sehen, dass ein Mann hineinkam. Es war einer von vorhin.

„Was ist Reuben?" Die Stimme war scharf, als könnte sie Glas zerschneiden. Aber der Mann im Anzug, der durch die Tür trat und sich uns näherte, zuckte nicht einmal zusammen, zeigte auch sonst keine Reaktion. Es war, als würde er mich gar nicht bemerken.

Unzählige Bilder schossen durch meinen Kopf und ich kniff die Augen zusammen, um diese zu vertreiben, aber der Grundgedanke blieb bestehen.

Es war die Mafia und sie hatten schon weitaus schlimmeres getan, als einen jungen Mann umzubringen. Hier stand ich nun. Keiner würde mich suchen kommen. Ich saß fest.

„Ich wollte ihn weg bringen."

Erschrocken riss ich die Augen auf und versuchte mich panisch aus dem Griff zu befreien. Waren diese Worte in Code dafür mich zu töten, sodass mich niemand mehr fand. Hatten es sich Dexter

Rune doch anders überlegt und ich brauchte nicht die Beine für ihn breit machen. Ehrlich gesagt wusste ich nicht welche Situation besser war. Umgebracht zu werden oder in seinem Bett zu landen. Ich hatte panische Angst, was er mit mir machen würde, wenn ich einmal dort war, schließlich hatte ich noch nie Sex gehabt. Erst recht nicht mit einem Mann.

Seine Lippen waren wieder so nah an meinem Ohr und sein Atem streifte mich, bescherte mir heiße Schübe durch meinen Körper. Er flüsterte mir zu und augenblicklich beruhigte ich mich. Die eine Option wirkte auf einmal nicht ganz so angsteinflößend, wie vor ein paar Sekunden.

„Keine Angst. Dir passiert nichts. Ich bin da."

Dexter Rune wandte sich dem Mann, Reuben, zu.

„Er bleibt bei mir. Du kannst gehen."

Es kam keine Antwort zurück, ich hörte nur sich entfernende Schritte und eine Tür die sich wieder schloss. Mein Ausweg nach draußen schloss sich.

Ich wurde wieder unruhig, was der starke Mann sofort mit seinem festen Griff unterband.

„Ich bringe dich jetzt in dein Zimmer. Du kommst hier sowieso nicht mehr weg, also halt still." Vor mir drehte sich der Raum und ich lag über seiner Schulter.

Er trug mich tiefer in seine Wohnung und ich

kämpfte jetzt panischer darum herunter gelassen zu werden. Ein kräftiger Schlag auf meinen Arsch ließ mich verstummen und ich hing wie ein nasser Sack über seiner Schulter.

Mr. Rune öffnete mit der freien Hand eine Tür und schob sie mit dem Fuß auf. Ich hatte keine Zeit mich zu orientieren, schon wurde ich runter geworfen und landete auf etwas weichem. Der Mafiaboss stand vor mir und beobachte mich, Lust in den Augen. Ich versuchte weg zu rutschen und stieß gegen eine Wand. Ich sah mich um und stellte fest, dass es ein einfaches Zimmer war. Nur eine Tür führte hinein und hinaus- die Tür durch die wir gekommen waren und wo sich der Schrank von Mann befand. Ich schluckte und beobachtete jeder seiner Bewegungen.

Er holte etwas aus seiner Hosentasche des Anzugs und ich riss erschrocken die Augen auf.

„Damit nicht das gleiche noch mal passiert.", flüsterte er und beugte sich über mich. Pinnte mich mit seinem Knie auf das weiche Bett.

Er packte meine Handgelenke und ließ die Handschellen einrasten. Ich versuchte meine Hände wieder schützend vor mich zu ziehen, aber ein Blick nach hinten zeigte mir, dass er sie am matt schwarzen Bettgestell befestigt hatte, welches aus Metall bestand.

Mit einem diabolischen Grinsen zog er sich zurück und ließ mich allein.

Die Tür fiel ins Schloss und versuchte meine Panik zu bekämpfen.

Schrie das er mich hinaus lassen sollte, aber es kam keine Antwort. Meine Stimme wurde rauer und rauer und versagte mir den Dienst.

Erschöpft erschlaffte mein Körper und ich blickte stur auf die Tür, als würde sie irgendwann von allein aufgehen und ich konnte hinaus rennen und alles vergessen, als wäre es nie passiert.

Aber diesen Gefallen wollte mir keiner tun.

Kapitel 6
Dexter

Das Klagen und Gebettel hörte ich noch im Wohnzimmer und ich musste unausweichlich schmunzeln, denn der Kleine fluchte auch wie ein Rohrspatz. Ich hatte ihm dieses Verhalten gar nicht zu getraut, aber anscheinend hatte er doch noch etwas Feuer in sich und seine erste Reaktion, die Angst und die Schockstarre, waren offenbar gewichen.

Ich stand vor der riesigen Fensterfront und dämmte das Licht mit der Fernbedienung, welche ich auf den Couchtisch gelegt hatte. Dadurch tauchten die Lichter meiner Stadt den Raum in eine einzigartige Atmosphäre.

Das Gebäude in dem wir uns befanden gehörte mir und ich hatte mich in das höchste Stockwerk zurückgezogen, damit ich einen guten Überblick hatte. Es gab mir immer das Gefühl überlegen zu sein und zudem konnte ich noch die Aussicht genießen.

Mein Handy vibrierte in meiner Hosentasche und ich nahm es in die Hand, wo es nochmals aufleuchtete, um mir zu zeigen, dass sich bereits zwei Nachrichten von Reuben darauf befanden.

Casino. Jemand möchte dich sprechen.

Ich lass die Nachricht und öffnete die Andere, die hoffentlich mehr Informationen bereit hielt, denn ich wollte nur ungern meinen neuerworbenen Schatz allein lassen.

Ich horchte kurz auf und musste feststellen, dass es bereits ruhiger geworden war. Ich rief schnell eine App auf, welche mit den Kameras in dem Zimmer verbunden waren und beobachtete Nuriel, wie er auf dem Bett lag und sich langsam seinem Schicksal ergeben hatte.

Er starrte stur auf die Tür und atmete in gleichmäßigen Zügen. Zufrieden schloss ich die App und widmete mich nun Reubens zweiter Nachricht.

Neuer Drogendeal in Aussicht. Die Person will dich persönlich sprechen.

Genervt rollte ich die Augen und musste mir ein Stöhnen verkneifen. Solche Kleinigkeiten ließ ich meistens Reuben für mich erledigen, da ich größere- wichtigere Dinge zu erledigen hatte. Schließlich hatte ich mich nicht umsonst so weit hochgearbeitet.

Ich hatte auch einmal ganz unten angefangen und auf den Straßen meine Drogen verkauft. Damals war ich gerade einmal vierzehn Jahre alt und meine Mutter selbst eine drogensüchtige Hure, welche an ihrem eigenen Erbrochenen im Staub unserer Wohnung, wenn man diese überhaupt so nennen konnte, gestorben war.

In dem Drecksloch von Wohnung war es ein Wunder, das ich mir nicht irgendeine Krankheit eingefangen hatte und selbst daran krepiert war.

Ich wandte mich von der Fensterfront ab und ließ die Vergangenheit hinter mir und machte mich auf den Weg ins Casino, welches sich einige Stockwerke unter mir befand. Ich schloss die Tür und ein Piepen ertönte, was mir anzeigte, dass sie verschlossen war. So konnte Nuriel nicht hinaus, selbst wenn er seine Fesseln los würde, was ich nicht glaubte. So wie der junge Mann aussah und die Informationen die ich erhalten hatte, war er in keine kriminelle Machenschaften verwickelt und meine Männer hatten auch nichts dergleichen ans Licht gebracht.

Das Bild vor Augen, wie der Engel in dem Bett lag, stieg ich in den Fahrstuhl und fuhr nach unten.

Die Türen glitten auf und öffneten eine neue Welt. Musik spielte lautstark im Hintergrund und aus jeder Ecke kamen die unterschiedlichsten Geräusche. Enttäuschung und Freude in einen Raum versammelt. Hier konnte man verlieren oder gewinnen. In diesem Raum kamen diese zwei Gegensetzte zusammen.

Ich schritt durch die Menge und unweigerlich wurde ich von meinen Männern flankiert. Auch wenn ich mich durchaus selbst schützen konnte und ich nie unbewaffnet herum lief, so nahmen meine Männer ihren Job verdammt ernst.

Meine teuren schwarzen Lackschuhe trugen mich über den Teppich und ich stand vor einer Tür, welche nur für ausgewählte Personen zugänglich war. Hier wurden Deals und Verträge mit mir beschlossen. Auch Nuriels Onkel flehte mich in diesen Räumen um Geld an und fiel auf die Knie, bettelte dass ich ihm eine Geldspritze verpasste. Ich konnte mich nur wage an ihn erinnern, aber die Erinnerungen, die mir geblieben waren, zeigten einen kaputten Mann, der keinerlei Feuer mehr in den Augen hatten. Es war ein Wunder, dass er so lange überlebt hatte, sicherlich war dies auch Nuriels Verdienst, dass er das Geld mit nach Hause gebracht hatte und seinen Onkel zumindest das Überleben gesichert hatte.

Die Tür vor mir ging auf und ich schritt durch die Flure der privaten Räume, bis ich zu einem Konferenzraum kam, welcher bereits für mich geöffnet war und mir so einen Blick hinein gewährte.

Reuben trat sofort an meine Seite und erklärte mir die Details, die er in kurzer Zeit zusammengetragen hatte.

„Angeblich ist es ein kleiner Abzweig der mexikanischen Mafia, welche mit uns Geschäfte machen wollen. Der Mann im Raum heißt Javier Flores und ist ein beauftragter der *Gacia Familia.*"

Reuben erzählte mir noch ein paar unwichtige Details und ich betrat da weil den Raum, wo bereits der besagte Mann saß und mich ohne einen Funken Angst ansah.

Er besaß sogar die Frechheit seine Hand auszustrecken und sich vor mich zu stellen. Sofort war einer meiner Männer bereit und bog seinen Arm, in einen unnatürlichen Winkel hinter den Rücken.

Ein Zischen war zu hören und der Mann sprang förmlich von einem Fuß auf den anderen. Der Mann hatte keine Eier in der Hose und er kotzte mich jetzt schon gehörig an.

Nachdem sich alle im Raum beruhigt hatten, und klar war, dass Javier Flores keine Gefahr darstellte, setzte ich mich. Der Griff löste sich und Flores rieb sich mehrmals den Arm, bevor er sich vorsichtig hinsaß, dabei immer einen Blick auf den Mann gerichtet, der ihn zuvor überwältigt hatte.

Der Mann fing an zu reden und ich musste mich

zusammenreißen um nicht zu Gähnen, nicht weil ich müde war, sondern weil er mich bereits seit der ersten Minute langweilte.

Die Zeit rann nur so dahin und ich schweifte mehrmals ab. Dieser Javier war schon mal ein verdammt schlechter Verkäufer. Gelangweilt lehnte ich mich daraufhin zurück und Reuben bemerkte mein Desinteresse.

Wir hatten unzählige Deals und auch unsere Drogen mussten an die Leute verkauft werden. Ich hatte keinerlei Interesse diesem winzigen Abzweig von Mafia Geld in den Arsch zu blasen.

Ohne ein Wort zu sagen stand ich auf und ließ den Mann der mexikanischen Mafia hinter mir. Ich konnte nur vernehmen, dass Javier sich aufregte, aber dies war mir egal. Er sollte nicht meine Zeit verschwenden, schließlich hatte ich etwas, um was ich mich tatsächlich kümmern musste. Alleine der Gedanke an den jungen Mann, mit den braunen Knopfaugen ließ meinen Schwanz steif werden. Ich leckte mir über die Lippen. Ich hatte noch immer das Gefühl, als könnte ich ihn schmecken. Der Moment als ich mit meiner Zunge über seinen Hals gefahren war und über seiner Halsschlagader angehalten hatte berauschte mich noch immer. Ich hatte seinen schnellen Puls unter mir gefühlt.

Ich rückte meinen harten Schwanz in meiner Anzughose zurecht und machte mich wieder auf den Weg nach oben, wo Nuriel sicher bereits sehnsüchtig auf mich wartete.

Als ich im Fahrstuhl war, nahm ich bereits mein Handy heraus, weil ich nicht mehr warten konnte. Ich öffnete erneut die App und ließ mir den ausgestreckten Mann zeigen, der noch immer in dem Zimmer, auf dem Bett, lag und auf meine Rückkehr wartete.

Kapitel 7

Nuriel

Dieser verdammte Mistkerl hatte mich tatsächlich allein gelassen. Ich versuchte immer mal wieder aus meinen Fesseln zu schlüpfen, aber sie waren echt eng um meine Handgelenke und schnitten sich bereits in diese ein.

Nach meiner anfänglichen Panik, machte sich jetzt Wut breit und ich war keineswegs daran interessiert hier den Rest meines Lebens zu verbringen. Ich wollte raus und zwar schnell, wollte meinem Onkel die Meinung sagen und ihn den Rücken kehren. Er war meine einzige Familie und hatte mich verraten. Er war wahrscheinlich schon hinter allen Bergen und lachte sich ins Fäustchen. Ich hatte ihn die letzten Jahre durchgefüttert und das Geld zu ihm gebracht. Er hatte es für Alkohol und Drogen ausgegeben, wo ich täglich irgendwelche Spuren in der Bleibe gefunden hatte, die wir uns teilen mussten.

In meinen Gedanken versunken bemerkte ich die Geräusche nicht, welche in der Wohnung zu hören waren. Weder die Tür, noch die Schritte, welche ankündigten, dass sich jemand näherte. Ich hatte nicht einmal bemerkt, das sich der Himmel langsam rosa färbte und die Nacht sich zurück zog, um dem Tag einkehren zu lassen.

Dexter Rune stand im Türrahmen und lehnte sich dagegen, beobachtete mich mit aufmerksamen Augen. Trotzig sah ich ihm entgegen und musterte seine Erscheinung. Der Mann ging mir unter die Haut, macht mich nervös und doch wollte ich ihn ankommen. Wollte ihm zeigen, dass ich nicht klein bei gab.

„Hast du dich inzwischen etwas eingewöhnt?" Diese rauchige Stimme jagte mir einen Schauer über den Körper. Meine Reaktion blieb nicht ungesehen und es stahl sich ein gefährliches Funkeln in seine Augen, welches ich auch aus der Entfernung sehen konnte. Ich versuchte noch etwas näher zur Wand zu rutschen, wollte so viel Platz wie möglich zwischen uns haben. Auch wenn er die Distanz schnell hinter sich bringen würde und ich nirgends hin konnte, da ich mit Handschellen noch immer an das Bettgestell gefesselt war.

„Ich hoffe es ist nicht unbequem."

Zornig sah ich ihn an und er schmunzelte nur, stieß sich vom Türrahmen ab und kam auf mich zu. Seine Reaktion und sein selbstgefälliges Grinsen machte mich wütend und als er versuchte sich auf die Bettkante zu setzten, strampelte ich mit den Beinen, er sollte mir ja nicht zu nah kommen.

Mit einem kräftigen Griff hielt er meine Beine fest und pinnte mich auf das Bett.

„Ich mag es wenn du noch etwas trotzig bist. Es macht mich sogar noch mehr an." Seine Stimme war nur ein Flüstern, aber seine Worte lösten aus, dass ich still liegen blieb. Ich versuchte meine Panik hinunter zu schlucken. Mit einem Mal fühlte ich seine Hände auf mir, wie sie meine Unterbeine liebkosteten.

„Aufhören!" Augenblicklich standen seine Finger still und Dexter Rune sah mich mit diesen wunderschönen grünen Augen an, die mir durch Mark und Bein gingen. Ich sollte vielleicht außerdem aufhören seine Augen als wunderschön zu betrachten.

„Gefällt es dir etwa nicht? Wir können noch so viel mehr machen." Seine Lippen näherten sich mir gefährlich nah und ich sank soweit es geht in die Matratze ein.

„Nimm deine Finger von mir alter Mann!" Erneut versuchte ich mit den Beinen seinen Körper von mir zu bekommen. Fast hätte ich ihn in der Seite erwischt und ich hielt augenblicklich still. Ich hatte noch nie in meinem Leben jemanden verletzt und der Gedanke einem Menschen Schaden zuzufügen behagte mir ganz und gar nicht.

Ich merkte, dass ich eine Grenze überschritten hatte, als ich in seine Augen sah, die sich dunkel verfärbten.

Ich zweifelte ernsthaft an meinem Verstand, denn wer legte sich denn bitte mit einem Mafiaboss an, außerdem sah er noch nicht einmal sehr alt aus, aber mein Mund und Körper war schneller als mein Gehirn gewesen.

Wenige Sekunden später spürte ich seinen Körper auf meinem und ich konnte mich keinen einzigen Zentimeter mehr bewegen. Mit großen Augen sah sich in seine und mir stockte der Atem. Seine Knie lagen auf meinen Beinen und eine Hand hielt meine Handgelenke fest, mit der anderen streichelte er meinen Hals. Sein Griff wurde jedoch immer fester und ich schnappte erschrocken nach Luft, versuchte meine Lungen wieder mit Sauerstoff zu füllen.

Es sammelten sich bereits Tränen in meinen Augen und eine davon löste sich und rollte meine Wange hinunter. Er leckte diese ab und mein gesamtes Blut sackte nach unten.

Seine Hand lockerte sich und ich konnte wieder atmen, dafür wanderte sie meinen Körper hinab und ich versuchte sämtliche Reaktionen zu unterdrücken, aber gegen den steifen Penis konnte ich nichts tun und so kniff ich die Augen zusammen, damit ich nicht dieses selbstgefällige Grinsen sehen musste, welches er unweigerlich haben würde.

Seine große Hand öffnete den Knopf meiner Hose und umspielte mit sanften Bewegungen meine Erektion.

Dafür dass dieser Riese von einem Mann so brutal aussah, konnte er verdammt zärtlich über meine Haut streicheln und die sanftesten Empfindungen in mir hervor rufen. Ein verräterisches Stöhnen löste sich von meinen Lippen und ich öffnete die Augen leicht und was ich sah, machte mich ganz verrückt.

Ich blickte in Augen, welche genauso eine Erregung wiederspiegelten, wie in meinen.

Gott, ich war so verloren.

Kapitel 8
Dexter

Seine Augen zeigten so viele Emotionen, aber die wohl Größte davon, brachte meinen Schwanz zum pochen.

Ich wollte den jungen Mann so sehr, dass es mir nicht schnell genug gehen konnte. Ich holte den Schlüssel für die Handschellen aus meiner Anzugstasche und erlöste Nuriel von seinen Fesseln. Der Kleine war schon etwas weggetreten und in seiner Lust gefangen, das er sich gar nicht mehr wehrte und auch wie ich ihn wegtrug bekam er nur am Rande mit. Er sah mich die ganze Zeit, mit leicht geöffneten Augen an und atmete tief ein und aus.

Die sonst verschlossene Tür meines Playroom hatte ich schon aufgeschlossen, als ich hinein gekommen war. Ich hatte gehofft er würde eine Grenze überschreiten, damit ich ihn in meine Welt einführen konnte. Der Kleine hatte mich nicht enttäuscht.

Mit einem Lächeln auf den Lippen trat ich durch die Tür und bei meinem eintreten schaltete sich automatisch ein dämmriges Licht ein, welches die wenigen Möbelstück gekonnt in Szene setzte.

In der Mitte des Raums stand ein rundes Bett,

welches mit schwarzer Satinbettwäsche bezogen war. Vorsichtig legte ich Nuriel darauf ab und band seine Hände mit den bereitgelegten Seilen fest. Ich achtete darauf, dass die Seile nicht zu tief einschnitten, denn ich hatte bemerkt, dass die Handschellen bereits einige aufgeschürfte Stellen an den Handgelenken verursacht hatten.

Ich überprüfte mein Werk und musste mich selbst loben. Nuriel lag mit ausgestreckten Armen auf dem Bett und sah mich noch immer mit verschleiertem Blick an.

Zügig entkleidete ich ihn und warf seine Sachen einfach weg, mein Hemd folgte wenige Augenblicke später. Nur noch mit Anzugshose bekleidet stand ich vor ihm, genoss das Bild, welches sich mir bot.

Ich ging zu dem Schrank, der links neben dem Bett stand und öffnete eine Schublade, griff hinein. Das Leder fühlte sich weich und geschmeidig auf meiner Haut an und ich zog es durch meine Finger. Für das erste Mal, war dies genau richtig. Mit raubtierhaften Schritten ging ich zu dem gefesselten jungen Mann zurück und ich merkte sofort, dass er leichte panische Regungen zeigte.

„Keine Angst, es ist nur eine kleine Strafe. Du hast dich etwas zu weit aus dem Fenster gelehnt und ich will dir nur zeigen wo dein Platz ist. Ich bin mir sicher du wirst einen Teil davon sogar genießen." Fast schon zärtlich strich ich über seine Wange und Nuriel schluckte, seine Atmung wurde wieder gleichmäßiger.

„Ich hab noch nie." Stammelte er vor sich hin.

„Ich weiß. Ich werde vorsichtig sein. Fürs Erste." Ich küsste seine Stirn und strich ihm noch einmal über die Wange.

Mit der ledernen Gerte strich ich über seinen nackten Bauch und wanderte langsam hinunter zu seinem steifen Penis, der sich mir entgegen streckte.

Ich holte einmal aus, nicht zu weit, und ließ die Gerte gegen seinen Oberschenkel schnellen. Ein kleiner Schrei löste sich aus seinem Mund und es sammelten sich schon Tränen in seine Augen, aber ich war noch nicht fertig mit ihm- noch lange nicht.

Ich schlug immer wieder zu. Erst zart dann immer fester. Erst die Oberschenkel, dann immer näher, bis ich knapp neben seiner Erektion angekommen war. Es lösten sich bereits erste Tropfen und ich strich mit der Gerte über seinen steifen Penis.

Nuriel wimmerte und er wand sich in seinen Fesseln. Er hielt sich gut und ein Gefühl von Stolz überschwamm mich.

Seine Wangen waren inzwischen mit

Tränenspuren überseht und ich entschied mein Werkzeug zur Seite zu legen.

Aufmerksam beobachtete er jede meiner Bewegungen. Ich öffnete meinen Hosenstall und schob meine Hose ein Stück nach unten.

Da ich sauber war und ich wusste, das Nuriel noch nie Sex gehabt hatte, zog ich es vor meinen steifen Schwanz in kein Kondom zu stecken und so stieß ich in sein Loch ein, welches sich um mich zusammen zog.

Er war verdammt eng. Kein Wunder, er war noch unschuldig und ich war sein erstes Mal. Dieser Gedanke beflügelte mich und ich stieß erst vorsichtig zu und wurde immer schneller, brachte uns beide zum fliegen.

Stoßweise kam mein kleiner Engel unter mir und als sein Loch verdächtig zuckte, kam ich und füllte ihn. Mit scheißüberzogenem Körper löste ich mich von ihm und sah mein Werk an. Mit einem Grinsen stellte ich fest, dass er völlig fertig war. Kein Wunder, ein Blick auf die Uhr, die hinter dem Bett hing, sagte mir, dass wir bereits drei Stunden in dem Raum zugebracht hatten.

Nuriels Augen waren geschlossen und er atmete in gleichmäßigen Zügen. Bedacht und ohne ihn zu wecken, öffnete ich die Fesseln und nahm seinen leichten Körper hoch.

Er wog erschreckend wenig, etwas das ich ändern musste, denn er würde so nicht mehr allzu lange durchhalten, schon gar nicht die nächste Strafe, die unweigerlich bei jedem irgendwann mal kam.

Ich ging barfuß durch die Wohnung und stand unschlüssig vor dem Zimmer, welches ich benutzt hatte, um ihn festzuhalten. Es dauerte nur wenige Sekunden, bis ich einen Entschluss gefasst hatte und in die Richtung meines Schlafzimmers ging.

Nuriel schlief friedlich und ich legte ihn auf mein Doppelbett. Sein Körper war wunderschön, als er die Sonnenstrahlen auffing, die durch das Fenster schienen.

Mit leisen Schritten suchte ich die Fernbedienung, welche das Licht und die Fenster steuerte und verdunkelte etwas den Raum, damit das Licht den jungen Mann in meinem Bett nicht aufweckte.

Zufrieden ging ich in das angrenzende Bad und duschte mir den Schweiß vom Körper. Nur mit einem Handtuch bekleidet nahm ich mir einen Waschlappen und säuberte seinen Körper. Nuriel murmelte irgendwelche Worte, die ich nicht verstand. Belustigt schmunzelte ich und wusch die restlichen Spuren von ihm.

Nuriels Augen öffneten sich langsam und blickten mich verschleiert an. „Schlaf weiter." Meine Worte hüllten ihn ein und er schloss wieder die

Augen.

„Danke Sir." Seine Stimme war nur ein Flüstern, aber diese Worte jagten einen Schauer durch meinen Körper, bis in meinen Schwanz, der sich augenblicklich wieder versteifte.

Ich zog mich zurück und ließ ihn schlafen. Ich brauchte noch mal eine Dusche, diesmal aber kalt.

Kapitel 9
Nuriel

Smaragdgrüne Augen.

Rabenschwarze Haare.

Muskulöser Oberkörper.

All diese Dinge durchlebe ich immer wieder, während ich träumte. Seine rauchige Stimme, welche mich umhüllt und mich in Sphären hebt, die ich noch nie erlebt habe.

Seine Hände die auf meinem Körper spielen, als wäre ich ein Instrument und dabei bringe die süßesten Töne hervor, aber nur weil er bei mir ist. Stöhnen. Wimmern.

Ich erkenne meine Stimme nicht mehr wieder und ich frage mich wer ich bin, habe mich aber noch nie so eins mit mir gefühlt. Habe mich noch nie so belebt gefühlt, wie in den Stunden mit Dexter Rune, Mafiaboss und Sünder in menschlicher Gestalt.

Am liebsten hätte ich weitergemacht, bis mir meine Atmung versagt, aber ich bin in den tiefsten und seligsten Schlaf gefallen, den ich je hatte.

Langsam kommt mein Gehirn wieder in Gang und meine Augen öffnen sich. Um mich herum kann ich Umrisse wahrnehmen. Leider kommt mir nichts davon bekannt vor.

Kurz kommt mir der Gedanke, dass ich mir alles nur eingebildet habe, aber bei genauer Betrachtung merke ich, dass die Möbel elegant und hochwertig aussehen, auch das Badezimmer, welches an das Schlafzimmer angegliedert ist und die Tür einen Spalt offen steht, sodass ich hinein sehen kann ist sauber und modern.

Irgendwie trägt die Wohnung von Dexter die gleiche Handschrift und alles sieht aus, wie aus einer Zeitschrift für Superreiche.

Noch etwas benommen drehe ich mich auf den Rücken und starre die Decke an, meine Arme links und rechts neben mir ausgebreitet, so wie in der Nacht, als er mich gefesselt hat und ich vor ihm ausgebreitet lag. Ohne Schutz und doch so behütete. Entsetzt über den Gedanken sprang ich auf und musste mich zusammenreißen, um nicht umzukippen.

Mir tat alles weh. Besonders mein Hintern. Winzige Ausschnitte tauchten in meinem Gedächtnis auf und ich merkte wie mein Gesicht rot anlief.

Wie hatte ich vergessen können, was sonst passiert war?

Der bestimmende Ton.

Die Gerte.

Der Sex.

Aber ich hatte es genossen. War Wachs unter seinen Händen. Nein, Schluss damit.

Meine Gedanken waren ein einziges Chaos und ich schlug mir mit meinen Händen gegen die Wange, versuchte mich zusammmen zu reisen.

Mit leisen Schritten ging ich Richtung Bad und warf einen genaueren Blick hinein. Alles war still und ich fühlte die Kühle der Fliesen unter meinen nackten Füßen.

Ich stand nun vor einer großen Spiegelfront und sah mich das erste Mal an. Meine Wangen waren gerötet, meine Pupillen geweitet. Aber ich sah... lebendig aus. Fühlte mich sicher. Meine Augen leuchteten und auf meinem Körper zog sich eine gesunde röte ab.

Wie lange hatte ich mich nicht mehr so gefühlt. Es war bevor meine Eltern gestorben waren, danach war es ein einziger Kampf gewesen.

Ein Kampf gegen meinen Onkel.

Ein Kampf ums Geld.

Ein Kampf um mich selbst, damit ich meinen Weg nicht verlor.

Ein Kampf, damit alles irgendwann besser werden würde.

Auf einmal lösten sich viele Sorgen in Luft auf und ich fragte mich, ob es so schlecht war hier zu bleiben. Ich konnte zu mindestens das Beste daraus machen.

Mit diesem Gedanken drehte ich den Wasserhahn auf und spritze mir kaltes Wasser ins Gesicht.

Ich ging zurück ins Schlafzimmer und suchte mir etwas zum anziehen, damit ich nicht die ganze Zeit nackt sein musste.

Ich fand allerdings nur ein schwarzes Hemd, welches fein säuberlich über einen Sessel gelegt war. Es war allerdings besser als nichts. Das Kleidungstück fühlte sich wie samt an und ich klappte den Kragen hoch, roch daran und stellte fest, dass es nach Kiefern und einem unverwechselbaren Duft roch. Dexter Rune.

Noch immer barfuß und mit seinem Hemd bekleidet tastete ich mich immer weiter, bis ich vor der Tür stand, die nur noch hinaus führen konnte. Mit zittrigen Händen berührte ich die Klinke und stellte fest, dass diese offen war.

Verwundert öffnete ich die Tür und befand mich in einem weitläufigen Flur. Erstaunt über die Größe der Wohnung und den unzähligen Gemälden, die an der Wand hingen, ging ich durch die Räume. Machte jede Tür auf und durchsuchte jedes Zimmer, machte mich mit meiner Umgebung vertraut. Selbst das Zimmer, in dem ich in der Nacht an das Bettgestell gefesselt war, hatte ich gefunden. Doch der Raum, indem wir Sex hatten war abgeschlossen. Von meinen Sachen war auch nicht zu sehen und so ging ich weiter. Setzte einen Fuß vor den anderen und fand mich schließlich in dem gigantischen Wohnzimmer wieder, welches eine angrenzende Küche hatte.

Als ich den Kühlschrank sah knurrte mein Magen verdächtig und ich stellte fest, dass ich eine Ewigkeit nichts mehr gegessen hatte.

Mit schnellen Schritten und einem klaren Ziel vor Augen, peilte ich ihn an. Eine angenehme Kühle schlug mir entgegen und mit großen Augen sah ich, dass der gesamte Kühlschrank gefüllt war. Es gab von Obst und Gemüse bis Fleisch alles was das Herz begehrt.

Ich nahm mir einen Jogurt und ein paar Früchte. Nahm mir auch noch etwas von dem fertigen Gericht heraus, welches in einer Auflaufform mit Folie bedeckt war. Es duftete verdächtig nach Lasagne. Diese hatte ich zuletzt gegessen, als ich noch ein Kind gewesen war und meine Eltern mich in ein italienisches Restaurant, mit niedrigen Preisen, mitgenommen hatten.

Mit meiner Ausbeute bewaffnet ging ich zu der Sofagruppe und nahm Platz. Im Schneidersitz aß ich meine Lasagne und selbst kalt schmeckte sie himmlisch. Ich hatte sehr lange nichts mehr gegessen, was so gut geschmeckt hatte, musste mir sogar ein Stöhnen verkneifen.

Als ich meinen ersten Hunger besänftigt hatte, bemerkte ich die Zettel, welche auf der anderen Seite des Tisches lagen und denen ich zuvor keinerlei Beachtung geschenkt hatte.

Ich sah mich um und kam mir dumm vor, da ich wusste dass niemand hier war, schließlich hatte ich mich in Wohnung umgesehen. Ich streckte mich über den Tisch und zog die Zettel heran. Sofort fiel mir etwas auf.

Ich sah mich selbst.

Ein Foto.

Ich runzelte die Stirn. Was hatte das zu bedeuten? Verwirrt über das Foto blätterte ich die Dokumente durch. Es waren alle möglichen Daten zusammengetragen. Vor allem über meine Onkel, dies machte Sinn, da er ja Schulden bei der Mafia gemacht hatte. Auch über mich gab es einiges zu lesen, allerdings hielten sich die Informationen in Grenzen und ich atmete einmal tief durch. Dexter hatte nur Informationen angefordert, schließlich war es sein Job das Geld was er geliehen hatte zurück zu fordern. Ich schüttelte den Kopf und besann mich wieder. Es brachte nichts sich zu viele Gedanken zu machen und so legte ich die Zettel weg und widmete mich wieder meinem restliche Essen, was noch vor mir lag.

Mit dem besten Ausblick, den ich je genießen durfte, leerte ich die Lasagne und aß den Jogurt. Als ich in den Apfel beißen wollte holte mich ein Geräusch zurück und mein Blick wanderte zur Eingangstür die sich öffnete. Langsam ließ ich den Apfel sinken und sah wie Dexter Rune mich mit großen Augen ansah. Ob ich meinen Apfel noch aufessen konnte?

Kapitel 10

Dexter

Ich setzte mich nach der kalten Dusche in den Sessel, welcher in der Ecke stand und einen guten Blick auf das Bett ermöglichte, indem Nuriel lag.

Seine Atemzüge gingen gleichmäßig und hätte mein Handy nicht vibriert, das ich in der Hand hielt und hin und her drehte, hätte ich ihn die ganze Zeit beim Schlafen zugucken können.

Ich stand auf und ging zur Tür, machte sie auf und befand mich im weiträumigen Flur. Mit einem letzten Blick über die Schulter ließ ich die Tür ins Schloss fallen.

Ich sah auf das Display und stöhnte genervt.

Reuben.

„Was?"

Reubens Antwort kam sofort zurück und somit musste es wichtig sein. „Es gibt Ärger." Ich überlegte ein paar Sekunden und fragte weiter nach.

„Was für Ärger?" Damit war meine Zeit mit Nuriel vorerst beendet und ich zog mich zurück. Öffnete eine Tür, die direkt gegenüber des Schlafzimmers war und wie im ganzen Apartment schaltete sich das Licht beim Eintreten automatisch an, es sei denn man hatte mit der

Fernbedienung zuvor etwas anderes eingestellt.

Das Licht erhellte den Raum, links und rechts befanden sich offene Schränke, indem unzählige Anzüge hingen.

Ich schaltete das Handy auf laut und ließ mich von Reuben auf den neusten Stand der Dinge bringen. „Es geht um Javier Flores. Nachdem wir ihn hinaus befördert hatten ist er nach Downtown. Er verkauft seine Drogen gerade dort. Ich habe Männer los geschickt um ihn in Gewahrsam zu nehmen."

Verwirrt blieb ich stehen und ließ meine Hände sinken, warf einen verärgerten Blick in Richtung Handy. „Wo genau liegt dabei das Problem?"

Reuen räusperte sich und sprach weiter. „Wir haben keinen Kontakt mehr zu unseren Männern und von Javier Flores fehlt jede Spur."

Ich schluckte meinen Ärger hinunter und warf mir mein Sakko über. „Ich bin unterwegs." Meine Stimme war kalt und selbst durch das Telefon war meine Stimmung durchgedrungen. Reuben sagte mir nur noch, dass bereits ein Auto in der Tiefgarage stand und ein Fahrer mich zu dem letzten Anhaltspunkt schaffen würde.

Reuben war wohl bereits am Zielort und würde auf mich warten. Mit dem Fahrstuhl konnte ich in die Tiefgarage fahren und sofort tauchte vor meine Augen ein Rolls Royce Ghost auf. Außen in glänzendem schwarz, wurde mir von meinem Fahrer die Tür geöffnet.

Innen war ebenfalls alles in schwarz gehalten und nur die Ziernähte waren farbig hervor gehoben. Das Leder war weich und erinnerte mich an die Session mit Nuriel, als ich über die Gerte gefahren war. Meine Gedanken wanderten zurück und ich musste mir ein Stöhnen verkneifen. Meine Hose wurde verdächtig eng.

Der 612 PS starke Motor heulte auf und wir rollten auf die Straßen von Las Vegas. Die Scheiben waren abgedunkelt, sodass mich die aufgehende Sonne nicht blenden konnte. Der Weg nach Downtown dauerte lange, da bereits viele Autos auf den Straßen waren. Vegas war nicht umsonst dafür bekannt, dass die Stadt niemals schlief.

Auf dem Weg konnte ich meine Gedanken ordnen, doch was ich auch tat, immer wieder tauchte dieses engelsgleiche Gesicht vor mir auf und seine haselnussfarbenen Augen brannten sich tief in mein Gedächtnis ein. Bei keinem anderen Menschen hatte ich solche Empfindungen gespürt. Der junge Mann ließ verblüffend schnell Emotionen in mir entstehen. Dies war für mich komplett neu und ich wusste nicht so richtig, wie ich damit umgehen sollte.

Selbst bei meiner Mutter, die ich als einziges als meine Familie bezeichnet hatte, hatte ich nicht so empfunden.

Ehe ich mich versah, hielt der Wagen an und meine Tür wurde geöffnet. Reuben stand vor mir und ging eng an meiner Seite durch Downtown. Die Menschen die wussten wer ich war verschwanden hinter den Häuserecken und neugierige Schaulustige mussten mich wohl für einen Wohlhabenden Unternehmer halten. So falsch lagen sie dabei ja nicht, schließlich war ich wirklich reich.

Meine Männer suchten ganz Downtown ab doch von Javier Flores war keine Spur. Nach Stunden hatten wir endlich einen Anhaltpunkt, wo sich unsere Männer aufhielten. Ohne große Überlegungen fuhren wir dort hin.

Vor der großen Lagerhalle herrschte eine unangenehme Stimmung und eine Vorahnung machte sich unter uns breit.

Ich stieß die metallische Tür auf und meine Schritte hallten durch die Leere. Ließen eine gespenstische Atmosphäre zurück.

Meine Männer schützen mich vor Gefahren und auch die Pistolen waren in deren Händen und bereit abgefeuert zu werden.

Meine Glock 44 drückte gegen meinen Körper und beruhigte mich etwas, ließ mich freier atmen. Nach ein paar Metern konnten wir die Lagerhalle genau einsehen und die bewegungslosen Körper am Boden bestätigten unsere Vermutung.

Ich hatte eben einige meiner Männer verloren. Mr. Flores war so gut wie tot. Keiner tobte sich in meinem Bereich aus und kam ungeschoren davon.

Die Toten hatten unzählige Kampfspuren, aber was sie schlussendlich zu Fall brachte, waren präzise Kopfschüsse, aus denen Blut gelaufen war, welches bereit getrocknet war.

Der Botschafter der mexikanischen Mafia hatte nicht allein gehandelt und ich würde meine Hand ins Feuer legen, dass dies bereits geplant gewesen war.

Reuben trat hinter mich und ich konnte seine Gestalt in meinem Rücken spüren. Er flüsterte so leise, das nur ich ihn verstehen konnte.

„Ich habe fünf Männer los geschickt." Langsam drehte ich mich um, mein Blick schweifte über die Leichen. Ich gab den Umstehenden die Aufgabe, die Beweise zu vernichten, während ich aus der Lagerhalle ging.

Reuben folgte mir hinaus. Als ich mir sicher war, dass keiner mehr in unmittelbarer Umgebung war eröffnete ich das Gespräch.

„Entweder ist er in der Gewalt von Javier und seinen Männern." Ich stockte und sah, das Reuben den Gedanken sofort verwarf und mir bei dem zweiten Szenario zustimmte, welches ich in meinem Kopf zusammen gereimt hatte.

„Er arbeitet wahrscheinlich mit ihm zusammen." Ergänzte Reuben meinen Satz. Meine Hände ballten sich zu Fäusten und ich versuchte meine Wut zu unterdrücken. Wenn vier meiner Männer tot waren, warum ging Javier Flores das Risiko sonst ein und nahm den fünften Mann mit. Dies machte einfach keinen Sinn.

„Ihr macht euch auf den Weg. Stellt ganz Vegas auf den Kopf. Ich will dass sie gefunden werden." Reuben nickte und machte sich auf den Weg.

Ich kehrte da weil dem Lagerhaus den Rücke und machte mich auf den Weg zurück zu meinem Loft.

Inzwischen war die Luft aufgeheizt und ich war froh, als der Wagen in der Tiefgarage hielt, wo eine angenehme Temperatur herrschte.

In dem Apartment war eine Klimaanlage angebracht und ich freute mich schon darauf in die Kühle der Wohnung einzutauchen.

Mit diesen Gedanken stand ich im Fahrstuhl und Nuriel nahm sofort wieder einen Platz in meinem

73

Kopf ein.

Wie er im Bett gelegen hatte. Vollkommen entspannt und losgelöst. Hoffentlich lag er noch immer im Bett und ich konnte ihn noch eine Weile beobachten bis er aufwachte. Diesen Wunsch hatte Javier Flores zerstört, als ich von meiner rechten Hand informiert worden war.

Ich ging noch einmal jedes Detail durch und ich verkrampfte mich sofort, als ich an der Stelle angekommen war, als ich die Tür zum Schlafzimmer geschlossen hatte.

Ich hatte nicht zugeschlossen.

Hatte die Tür nur ins Schloss fallen lassen, weil ich der Annahme war, ich würde augenblicklich zu meinem schlafenden Engel zurück kehren.

Noch einmal wünschte ich mir, dass Nuriel noch friedlich schlief.

Die Sekunden im Fahrstuhl zogen sich hin und ich stürmte in die Wohnung, riss die Tür auf und blieb stehen.

Mit vorsichtigen Schritten trat ich durch die Tür, schloss sie und bewegte mich auf den jungen Mann zu, der es sich auf meiner Couch bequem gemacht hatte.

Der Apfel den er in der Hand hatte, sank in seinen Schoß und ich hatte seine ungeteilte Aufmerksamkeit.

„Ich hatte Hunger." Es war niedlich, wie er da saß. Im Schneidersitzt, vor ihm eine leergegessene Auflaufform, die mein Koch mir zubereitet hatte und welche ich nur in den Kühlschrank gestellt hatte, weil ich keinen Appetit gehabt hatte.

Seine Augen folgten meinen Bewegungen, als ich mich neben ihm niederließ und meine Finger seine Wange berührte. Sein Körper lehnte sich mir unbewusst entgegen und ich musste schmunzeln.

„Hat es den geschmeckt?" Mit einen Strahlen, das ich noch nicht darin gesehen hatte, sah er mich mit seinen Reh-Augen an und nickte aufgeregt. Es freute mich, dass er bei mir geblieben war. Mein Herz machte einen Sprung und ich fühlte mich seit Jahren wieder vollkommen, lebendig, geliebt.

Ich lehnte mich ihm entgegen, bis meine Lippen sein Ohr erreichten. Sanft hauchte ich ihn an und eine zarte Gänsehaut zog sich über seinen makellosen Körper.

„Wer hat dir eigentlich erlaubt, dass du aus dem Zimmer gehen darfst?" Sein Blick trübte sich und ich hörte nur ein Flüstern. „Niemand." Ich konnte förmlich seine Gedanken hören. Er dachte zu viel nach, musste noch die Geschehnisse aus der Nacht verarbeiten.

„Nächstes Mal wenn ich nach Hause komme." Sprach ich weiter und hatte seine

Aufmerksamkeit wieder auf mir liegen. „Nächstes Mal essen wir etwas zusammen." Ein Hauch von einem Lächeln zeigte sich auf seinen Lippen und ich strich über sie. Musste jede Regung aufnehmen.

„Aber ich finde du verdienst trotz allem eine Strafe, weil du nicht im Zimmer geblieben bist. Und wie ich dich kenne hast du ein wenig durch die Zimmer geschnüffelt. Hast dir diese Gelegenheit nicht entgehen lassen können." Meine Zunge fuhr über seinen Puls am Hals und er sank zu mir, sehnte sich nach meinen Bewegungen.

„Hab ich recht?" Ich ließ kurz von ihm ab und wartete auf seine Antwort.

„Ja. Ich hab aber nichts durcheinander gebracht." Sein Körper strahlte pure Lust aus und ich konnte nicht mehr warten.

Mit einem kräftigen Schwung warf ich ihn mir über die Schulter und trug ihn zu unseren Spielraum, den ich als einziges noch eilig verschlossen hatte, als ich gegangen war.

Bei unserem Eintreten ging das gedämmte Licht an und das Bett lag einladend vor mir. Es war noch immer zerwühlt von unserer letzten Session, aber darauf nahm ich keine Rücksicht. Ich würde es später neu beziehen, erst einmal musste ich mich um Nuriel kümmern.

Ich warf ihm auf das Bett. Jetzt versuchte er nicht einmal einen Zentimeter von mir zurück zu weichen. Wie viel sich in wenigen Stunden ändern konnte.

Ich entledigte mich meines Sakkos und meines Hemds und beugte mich über ihn, pinnte seinen Körper mit meinem fest.

„Was mach ich jetzt mit dir?" Seine Hände wanderten über meinen Oberkörper und ich hätte es keinem anderen Menschen vor ihm erlaubt, dies zu tun. Nur er ließ mich fühlen.

Ich ließ ihn gewähren und knöpfte das schwarze Satinhemd auf, welches er sich von mir übergeworfen hatte. Strich dabei über seine weiche Haut und bedeckte meinen Weg mit Küssen. Nuriel stöhnte und bog den Rücken durch, als ich an seinem Intimbereich angekommen war.

Erste Tropfen hatten sich auf seiner Penisspitze gesammelt, welche ich ableckte. Der kleine Engel gab dabei die süßesten Töne von sich.

Ich ließ von ihm ab, damit er wieder Herr seiner Sinne werden konnte und fasste grob seine Handgelenke an und presste sie über seinen Kopf tief in die Matratze.

„Es wartet noch eine Strafe auf dich." Seine Augen wurden ganz große und in weniger als einer Sekunde hatte ich ihn umgedreht, sein Gesicht nun in der Matratze.

„Arsch nach oben." Augenblicklich befolgte er meinen Befehl und sein ansehnliches Hinterteil streckte sich gen Himmel.

„Die Hände bleiben über deinen Kopf. Du fasst dich nicht an. Verstanden?" Seine Stimme war gedämpft, aber ich vernahm trotzdem jedes einzelne Wort.

„Jawohl, Sir." Ich küsste mich an seiner Wirbelsäule entlang und kam schließlich bei seinem Arsch zum erliegen.

Mit Schwung ließ ich meine nun freien Hände auf seinen Hinterteil klatschen und genoss seine kleinen Schmerzenslaute, die er zu unterdrücken versuchte. Er befolgte meine Befehle und ließ seine Hände über seinem Kopf und sein Hinterteil streckte er noch auffordernder in die Höhe.

Ich ließ meine Hand noch neun Mal hinunter sausen und rieb nun über seinen geröteten Arsch.

„Das hast du gut gemacht." Nuriel drehte leicht seinen Kopf und es waren Tränenspuren zu sehen, aber er hatte es trotzdem wunderbar ertragen.

„Bekomm ich jetzt dafür eine Belohnung?" Mit einer Stimme, die kräftiger war, als ich es ihm zugetraut hätte, fragte er mich die süßesten Worte, die ich mir im Moment hätte vorstellen können.

„Natürlich." Ich drehte ihn wieder um, diesmal wesentlich vorsichtiger. Nun auf seinem Rücken, beobachtete er meine Handlungen ganz genau. Der Kleine war die pure Versuchung.

Meine Finger umkreisten seinen Hintereingang und er wimmerte, warf den Kopf hin und her. Er hatte sicher noch Schmerzen von unserem letzten Mal und das er zuvor unberührt gewesen war hatte sicher auch seinen Folgen. Mit Bedacht fingerte ich sein Loch und schob mich rein und raus. Nach ein paar Minuten und als ich merkte, wie sich sein Muskel entspannte, nahm ich einen zweiten Finger hinzu und dehnte ihn immer weiter.

„Bitte." Nuriel betteln zu sehen brachte mich um den Verstand und ich zog eilig meine Finger hinaus, ersetzte ihn durch etwas Größeres. Mein Schwanz war hart und hüpfte aus der Hose, als ich den Reißverschluss geöffnet hatte.

Dieses Mal ging ich vorsichtiger mit ihm um, wollte sein schon geschundenes Loch nicht noch mehr reizen, als es schon war und schob mich sachte in ihn hinein- brachte uns Beide um den Verstand. Wir spritzen gleichzeitig ab und ich sank auf ihn zusammen, rollte mich aber augenblicklich ein wenig auf die Seite um ihn besser sehen zu können und damit er nicht mein gesamtes Gewicht tragen musste.

Nuriel war schon weit weg und ich konnte nur noch ein Flüstern von ihm vernehmen.

„Wie soll ich dir etwas zum Essen machen, damit wir es zusammen genießen können, wenn ich im Zimmer eingesperrt bin?" Verwundert sah ich ihn an, aber er schlief schon und ich rollte mich auf den Rücken und starrte an die Decke.

Er hatte die Chance gehabt zu verschwinden, auch wenn er nicht weit gekommen wäre. Dass ich die ganze Stadt nach ihm abgesucht hätte war selbst ihm klar. Er war hier geblieben und hatte sich dazu entschieden bei mir zu bleiben. Verblüfft sah ich ihn an und fasste einen Entschluss.

Kapitel 11
Nuriel

Ich hatte noch nie so gut geschlafen wie bei Dexter Rune. Wir kannten uns erst seit wenigen Stunden und doch hatte er etwas in mir bewegt. Macht mich mit seinem Verhalten verwundbar und doch stark.

Bei ihm fühlte ich mich begehrt und sicher. Bei keinem anderen Menschen ließ ich mich so fallen, wie bei ihm. Meine Augen öffneten sich und ich tastete das Bett nach ihm ab.

Ich lag wieder in seinem Schlafzimmer und leider war von ihm keine Spur. Warum musste er immer verschwinden? Ich stand auf und sah eine Jogginghose und ein einfaches schwarzes T-shirt, welches über dem Sessel hing, wo sich das Hemd befunden hatte. Schnell zog ich beides an und stand unschlüssig vor der Tür, die in den Flur hinaus führte.

Ich warf noch einmal einen Blick zurück und öffnete nun doch die Tür. Überrascht, dass diese nicht verschlossen war stand ich auf dem Flur und ging unschlüssig auf und ab. Erst als ich hinter einer Tür ein Geräusch hörte öffnete ich diese und befand mich in dem Zimmer, welches ich zuvor als Arbeitszimmer ausgemacht hatte.

Links und rechts befanden sich Regale mit Büchern und Ordner. Kurz vor der Fensterfront, die sich in fast allen Räumen des Apartments befand, befand sich ein Schreibtisch, welcher aus dunklem Holz bestand, welche Holzart dies war konnte ich nicht sagen, aber ich denke, das die Farbe aufgetragen worden war und der Tisch lackiert wurde.

Auf einem massiven Stuhl saß Dexter und blickte von seinem Laptop auf, den er vor sich stehen hatte.

„Hast du gut geschlafen?" Seine Stimme raubte mir noch immer den Atem und ich stand stock steif vor dem Schreibtisch. „Ja hab ich. Wie spät ist es denn?"

„Du hast den restlichen Tag und die ganze Nacht durchgeschlafen. Es ist bereit zehn Uhr." Ich hatte über vierzehn Stunden geschlafen.

„Dein Körper musste sich eben ausruhen." Mit diesen Worten stand Dexter auf und kam auf mich zu, bis er kurz vor mir stehen blieb. Mit seinem einnehmenden Körper lehnte er sich leicht gegen den Schreibtisch.

„Hast du Hunger?"

„Ja ziemlich. Die Lasagne war übrigens wirklich lecker. Tut mir leid, dass ich gestern alles aufgegessen hab." Ich redete immer weiter und meine Wangen färbten sich mit Sicherheit rot, so wie mir Wärme in dorthin schoss.

„Es freut mich. Ich habe einen Koch, welcher immer für mich Essen zubereitet. Er hat gestern Abend etwas vorbereitet und du brauchst es dir nur noch warm zu machen." Verblüfft über seine Fürsorge stand ich unschlüssig da und wartete auf seine nächste Handlung.

„Wann hast du eigentlich das letzte Mal etwas Richtiges gegessen?" Ich dachte kurz nach. „Ich hab mir immer irgendwas geholt, als ich auf der Straße Musik gemacht hab, aber ich hatte meistens nur eine Mahlzeit am Tag."

Dexters Hand schob sich in meine und er zog mich aus dem Zimmer. „Das werden wir ab heute ändern. Du wirst anständig essen und keine Widerrede." Auch wenn er dies mit einem Schmunzeln im Gesicht gesagt hatte, so glaubte ich ihm jedes Wort.

Wir standen nach wenigen Augenblicken in der Küche, die mit allem Krimskrams ausgestattet war. Mit der Ausstattung hätte diese eigentlich in ein Restaurant gehört. Dexter deutete zu den Hockern am Tresen und ich ließ mich darauf sinken. Ich beobachte wie er uns erst einen Kaffee machte und sich dann um die Mikrowelle kümmerte, in die er zuvor eine Portion von mediterranen

Nudeln geschoben hatte, die er aus dem Kühlschrank geholt hatte.

Während ich mein Essen verschlang, was noch besser schmeckte, als die Lasagne gestern, beobachtete ich Dexter, welcher mir gegenüber an der Arbeitsplatte der Küche lehnte.

Nachdem ich meine reichliche Portion beendet hatte und ich mich meinem heißen Kaffee widmete, ergriff er erneut das Wort. Etwas nervös machte mich seine Anwesenheit noch immer, er hatte eine wahnsinnige Ausstrahlung.

„Wir werden einkaufen gehen, denn du brauchst eigene Sachen. Du kannst nicht ständig mit meinen Sachen herum laufen. Auch wenn mir der Gedanke doch irgendwie zusagt." Das erste Mal, als ich ihn gesehen hatte zeigte sich ein Lächeln, das mir eine andere Art von Schauer über den Rücken jagte.

„Du willst mir Sachen kaufen?"

„Warum nicht, du wirst hier wohnen. Auf keinen Fall wirst du in dieses Rattenloch von Wohnung zurück gehen."

Ich ließ mir dieses Szenario einmal durch den Kopf gehen.

„Okay." Verwundert sah Dexter mich an und ich musste schmunzeln. „Gar keine Widerworte?" Ich schüttelte den Kopf und nahm noch einen großen

Schluck dieses aromatischen Kaffees.

Ich versuchte die richtigen Worte zu finden. „Ich weiß auch nicht richtig wie ich es sagen soll, aber ich fühl mich hier sehr wohl und das liegt keinesfalls an dem Luxus um mich herum, auch wenn ich das weiche Bett für immer behalten würde."

Der Mafiaboss schmunzelte und ich fragte mich ob ich mich gerade in dieses Schmunzel verliebt hatte.

Warte!

Verliebt?

Meine Gedanken machten eine Vollbremsung und ich hätte fast meinen Kaffee wieder ausgespuckt, den ich gerade zu mir genommen hatte.

„Alles okay." Dexter sah beunruhigt aus und näherte sich verdächtig.

„Jaja, alles gut soweit. Ich muss nur kurz mal..." Ich sah mich um und stand mit so viel Schwung auf, dass der Barhocker umgefallen wäre. Mit schnellen Schritten ging ich in das Schlafzimmer schlug die Tür hinter mir zu und flüchtete in das Bad, stellte das Wasser im Waschbecken auf kalt und spritze mir dieses in mein Gesicht.

Ich hörte ein Klopfen, Dexter würde mich nicht einfach so davon kommen lassen, dieser Art Mann war er nicht, dies hatte ich in den letzten Stunden heraus gefunden. Ich atmete noch einmal tief durch und trocknete mein Gesicht mit dem dunkelgrauen Handtuch ab, welches links neben dem Waschbecken hang.

Noch immer etwas zögerlich ging ich zur Tür, öffnete diese und sah in besorgte Augen. „Sicher dass alles okay ist?"

„Ja, ich bin nur etwas durcheinander, aber sonst ist alles gut. Danke dass du fragst." Ich war wirklich dankbar, schließlich hatte mich schon seit Jahren keiner mehr gefragt wie es mir ging. Zuletzt hatte mich die Frau gefragt, welche mich bei meinem Onkel abgeladen hatte. Eine Frau Mitte fünfzig, mit dicken Beinen und einer Hornbrille. Die Frau sollte eigentlich dafür sorgen, dass ich in gute Verhältnisse kam, nach dem Tod meiner Eltern, aber anscheinend nahm sie ihren Job nicht besonders ernst und ich hatte sie nie wieder gesehen. Damals hatte ich noch auf Kontrollbesuche gehofft, aber auch diese blieben aus. Bei mir waren einfach alle froh, dass ich noch einen lebenden Verwandten hatte und mich dort abgeladen, ohne in dessen Leben zu sehen, dann hätte sie nämlich bemerkt, dass mein Onkel kein Kind beherbergen sollte, egal wie alt und erwachsen es auch wirkte.

Finger strichen mir meine Haare zurück und ich fokussierte meinen Gegenüber an. „Denk nicht zu viel nach." Dexter drückte einen besitzergreifenden Kuss auf meine Lippen, bei dem ich ihm nur zu gerne entgegenkam. Unsere Atmung wurde stockender und zum Schluss bekam ich gar keine Luft mehr und schnappte verzweifelt nach dieser, als ich den Kuss unterbrechen musste. Auch Dexters Brust hob sich mehr als gewöhnlich und ich erkannte, dass auch er langsam an seine Grenze gekommen war. Er warf mir ein verführerisches Lächeln zu und drehte sich von mir weg.

„Wenn wir jetzt nicht los machen, dann kommen wir heute nicht mehr weg. Ich habe uns bereits einen Wagen rufen lassen." Verwirrt sah ich ihn an und besann mich. Er hatte mir vorhin in der Küche gesagt, dass er mir Sachen besorgen wollte. Ein ehrliches Lächeln stahl sich auf mein Gesicht und steckte meinen Mafiaboss an.

Meinen. Auf einmal machte mir dieser Gedanke nicht mehr so viel Angst.

„Wo sind eigentlich meine Sachen, die ich an hatte, als ich zu dir kam?"

Dexter starrte gerade aus und ich konnte ihn nur schwer verstehen, da er flüsterte, als würde er wollen, dass ich diese Information nicht erhalten sollte.

„Ich hab sie weggeschmissen."

Nach kurzem Unglauben entschlüpfte mir ein Lachen. Und nicht nur ein kleines, sondern ich lachte wirklich herzlich und ich konnte fast nicht mehr aufhören. Vielleicht auch deshalb, weil Dexter etwas verlegen vor sich hin geguckt hatte, als er mir dies sagte.

Nachdem ich mich wieder im Griff hatte drückte ich seine Hand und versicherte ihm, dass ich nicht böse darauf war, schließlich waren die Klamotten schon längst überfällig.

Ich genoss seine Nähe, als wir durch die Wohnung in den Fahrstuhl schritten und ins Untergeschoss fuhren. Die Fahrt dauerte für die Anzahl an Etagen erstaunlich kurz und schon öffneten sich die Fahrstuhltüren und gaben eine Tiefgarage frei, in der bereits vor uns ein Auto stand.

„Reuben, wir fahren einkaufen. Nuriel braucht Sachen zum anziehen." Eine klare Feststellung, ohne Interpretationsspielraum. Seine Dominanz raubte mir für einen kurzen Augenblick den Atem. Reuben öffnete uns die Tür und Dexter ließ mich als erstes einsteigen.

In dem Auto war alles schwarz gehalten und ich konnte nicht wiederstehen über das Leder zu streichen. Es war weich und angenehm auf der

Haut.

Dexter stieg ein und so saßen wir nebeneinander und ich sah ihn über der Fahrt immer wieder verstohlen an. Suchte seine Nähe und rutschte zu ihm, ließ meine Hand seine berühren, wenn diese bei mir war.

Dexters Augen wurden dunkel und ich sah seine Begierde sofort. Wären wir allein im Wagen gewesen, so hätte ich mich zu ihm rüber gelehnt und…

„Wir sind da." Die Stimme von Reuben, der uns gefahren hatte, erklang im Auto und ließ mich zusammen zucken.

Dexters Blick schweifte zu mir und ich sah wie er sich ein Schmunzeln verkneifen musste. Konnte er jetzt auch noch Gedanken lesen?

Nachdem wir ausgestiegen waren, mussten wir wieder mit einem Fahrstuhl fahren und ehrlich gesagt hatte ich keine Ahnung wo wir uns befanden, denn selbst die Fahrt über hatte ich nichts anderes im Kopf gehabt als den Mafiaboss, der nun neben mir stand.

Ich erkannte, dass wir uns in einem riesigen Einkaufzentrum befanden, als die Aufzugstüren sich öffneten. Und ich sah mich mit großen Augen um, verließ die schützende Seite von Dexter, aber ich wusste er würde mir folgen.

Ich war so überwältigt von allem, dass ich mich wie ein kleines Kind im Kreis drehte. „Wir haben einiges vor. Komm mit."

Gefügig ging ich ihnen hinterher, weil sie schon einige Meter vor raus gegangen waren, musste mich aber immer mal wieder umdrehen, weil ich alles in mich aufnehmen wollte. So viel Luxus hatte ich noch nie gesehen. Wir liefen an vielen Läden vorbei und einige sagten mir sogar etwas vom Namen, aber ich wäre dort niemals hinein gegangen, weil ich mir noch nicht einmal ein Paar Socken von der Marke hätte kaufen können.

Verwirrt sah ich mich um, fand aber Dexter nicht mehr wieder. Unschlüssig stand ich da und versuchte seine Gestalt aus zu machen, aber ich fand ihn einfach nicht mehr.

Ich ging ein paar Schritte vorwärts und sah mich verzweifelt nach ihm um. „Dexter." Ich rief seinen Namen, aber die Blicke waren mir unangenehm, welche ich zurück bekam und ich erkannte, dass alle in feinsten Klamotten steckten und mich von oben nach unten musterten.

Ich stand immer noch mit meinem Shirt und meiner Jogginghose rum. Neben Dexter hatte es mir nichts ausgemacht, aber ganz allein fühlte ich mich unwohl und ich wusste nicht weiter. Nichts hiervon kannte ich und ich hatte noch nicht einmal davon geträumt in solche teuren Einkaufzentren zu gehen. Ich lief immer schneller und versuchte den verachtenden Blicken zu entkommen. An Dexters Seite hatten mich die Leute nicht interessiert, aber auf einmal fühlte ich mich schutzlos.

Keine Ahnung wie lange ich durch die Gegend rannte und wie viele Etagen ich hinter mich gebracht hatte. Selbst auf den Rolltreppen, wo man eine gute Einsicht hatte, konnte ich weder Dexter noch Reuben sehen. Schwer atmend kam ich zum Stehen. Ich sah einen Springbrunnen vor mir und bleib davor stehen. Er ragte majestätisch empor und ließ mich kurz durchatmen.

Mein Blick ging an dem Wasser vorbei, welches in die Luft geschossen wurde und ich erkannte Instrumente in einem Schaufenster.

Mit langsamen Schritten ging ich an dem Springbrunnen vorbei und stand vor dem Schaufenster.

Gitarren, Violinen, Klaviere und viele andere Instrumente waren im Inneren zu sehen und unweigerlich stahl sich ein Lächeln auf mein Gesicht.

Ein adrett gekleideter Mann, mit ergrauten Ansätzen im Haar und warmen dunkelbraunen Augen stand auf einmal vor mir. „Kann ich Ihnen helfen?" Ich sah auf seine Kleidung und stellte fest, dass er in dem Geschäft arbeitete, weil er auf seiner linken Brust einen Schriftzug des Ladens darauf gestickt hatte, darunter war ein Namensschild, auf welchem L.Davidson stand.

„Ich hab meine Begleitung verloren." Brachte ich noch hervor und sah wieder an ihm vorbei in den Musikladen.

„Sie scheinen darüber im Moment nicht traurig zu sein, wenn ich Ihren Blick richtig verstehe." Sanft lächelte mich der ältere Mann an und ich konnte den Blick nicht von der Gitarre lösen, welche im Inneren hang.

„Kommen Sie doch hinein, ich sehe doch Ihren sehnsüchtigen Blick." Der Mann winkte mich hinter sich her und ich stellte fest, dass ich der einzige potenzielle Kunde hier drin war.

Ich sah mich um, aber kein Instrument war so schön, wie die Gitarre, auf welche ich automatisch zusteuerte.

„Sie ist wunderschön." Meine Stimme war nur ein Flüstern, aber der Mann stand dicht neben mir und sah auch sehnsüchtig zu dem Instrument hinauf.

„Eine Gibson J-160. Sie haben ein gutes Auge junger Mann." Ich merkte, wie mir Blut in die Wangen schoss und senkte den Blick.

„Möchten sie darauf spielen?" Überrascht sah ich

auf und ich merkte wie meine Augen anfingen zu strahlen.

"Darf ich das denn?" Mr. Davidson lachte nur und überreichte mir die Gitarre. „Ich wollte sie schon immer mal einen Kunden geben, der solche Freude empfinden würde sie nur anzusehen."

Ich bedankte mich bei dem Mann und ging mit vorsichtigen Schritten zu den Hockern, welche mitten im Musikladen aufgestellte waren.

„Dann legen sie mal los junger Mann." Der Mann war unglaublich. Er kannte mich noch nicht einmal, hatte meine Kleidung gesehen, welche hier absolut nicht hin gehörte und ich hatte noch nicht einmal einen Dollar in der Tasche, was er sicherlich auch wusste, und doch saß ich hier.

Die Gibson schmiegte sich an meinen Körper, als wäre sie dafür erschaffen worden und ich strich mit einen Finger über die Saiten.

Die Gitarre entlockte die herrlichsten Töne. Ich vergaß meine Umgebung und fing an zu spielen. In meiner eigenen Welt gefangen bemerkte, ich nicht die Menschen, welche neugierig am Schaufenster standen und mir zu sahen. Ich fühlte mich wohl und der Mann sah mich mit einen solchen Strahlen an, dass ich nicht anders konnte. Ich fing an zu singen.

Die Gibson hatte einen einzigartigen Klang. Ich

spielte „*Despacito*" und auch wenn ich kein einziges Wort spanisch konnte, so rollten mir die Worte einfach über die Lippen. Vielleicht sang ich auch einige falsch, aber darauf kam es für mich im Moment nicht an.

Als ich das Lied beendete, musste ich einmal tief durchatmen. Ich fiel fast von Hocker, als um mich herum Applaus erklang.

„Können Sie denn noch andere Instrumente spielen?", fragte mich Mr. Davidson und ich nickte verwirrt. Er führte mich zu einem Flügel und ließ mich von ihm zu dem beigestellten Hocker begleiten.

Ich fing an zu spielen, zu singen und die Welt um mich herum verschwamm. Ich hatte lange nicht mehr so viel Spaß und als die Schaulustigen sich langsam auflösten klopfte mir der Mann auf die Schulter. „Sie haben Talent junger Mann. Darf ich ihren Namen erfahren?" Der Mann war wirklich nett und so nannte ich ihn.

„Nuriel? Wie ein Engel? Ein wirklich trefflicher Name für Sie." Ich saß noch immer auf dem Hocker und ich merkte nicht, wie sich mir jemand näherte. Erst als ich seine dunkle-rauchige Stimme aufnahm, bemerkte ich seine Anwesenheit.

„Sie haben recht. Der Name passt wirklich zu ihm, aber er ist mein Engel und ich leih ihn nicht gern aus." Ich starrte mit offenem Mund den Mafiaboss an, den ich irgendwo im Einkaufzentrum verloren hatte und bei seinen Worten wurde mir warm ums Herz.

„Ich hab dich verloren." Die Worte rutschten mir heraus und ich kam mir dumm vor, aber Dexter sah mich nur an und widmete sich wieder dem Verkäufer.

Hinter meinem Rücken tauchte Reuben auf und fasste mich am Oberarm an, zog mich hoch und beförderte mich zur Tür. Wir standen vor dem Musikladen und ich kam mir vor wie ein kleines Kind.

Dexter kam mit grimmigem Blick aus der Ladentür und fixierte mich mit seinem Blick. Aber bevor er etwas sagen konnte, plapperte ich auch schon los.

„Ich hab euch nicht mehr gefunden und hab alles abgesucht, aber konnte euch nicht mehr sehen. Als ich dann den Laden sah konnte ich mich nicht mehr bremsen. Tut mir leid."

Dexters Blick wurde milder und er nahm mich in den Arm. Zuerst etwas verwirrt, erwiderte ich kurzerhand seine Umarmung und sah ihn von unten in seine grünen Augen.

„Ich hätte dich nicht aus den Augen lassen sollen." Er küsste meine Stirn und ich fühlte mich wieder etwas mehr bei ihm Zuhause, als ohnehin schon.

Ein angenehmes Schweigen legte sich über uns und ich merkte, wie sich Reuben etwas zurückzog. Dexter umschloss meine Hand und er zog mich sachte in eine andere Richtung, weg von den wunderschönen Instrumenten, welchen ich sehnsüchtig nachsah.

„Wir werden dir jetzt ein paar schöne Sachen besorgen, schließlich sind wir dafür her gekommen."

Ich nickte nur und ließ mich von ihm und den jungen Frauen einkleiden, welche erschienen, als wir in den Laden gingen, welcher Dexter ausgesucht hatte.

Etwas unangenehm war es mir schon, denn die Frauen hatten in der kurzen Zeit sicher schon mehr an mir gesehen als ich selbst. Meine Maße wurden penibel genommen und schon war ich stolzer Besitzer von verschieden farbigen Anzügen, Hemden, Hosen und anderen Dingen, die ich noch nie zuvor besessen hatte.

Kapitel 12
Dexter

Mein Herz blieb stehen, als ich mich umgedreht hatte und Nuriel nirgends zu finden war. Ich hatte mich mit Reuben unterhalten und ihn nicht mehr im Auge gehabt, weil er wie ein Welpe hinter mir her gegangen war, der immer mal wieder ein Blick auf die Umgebung gerichtet hatte.

Es war schön mit anzusehen, wie er sich gefreut hatte, als ich ihn mit genommen hatte und er begeistert war, von der Helligkeit des Einkaufszentrums. Hier kamen nur Reiche her und genossen die Sauberkeit und den Luxus, den sie hier finden konnten.

Reuben und ich hatten alles abgesucht, als er auf einmal weg war. Ich hatte mehrere Vermutungen angestellt, eine schlimmer als die andere.

Er hatte einfach von sich aus weg gegangen sein können, bis zur Entführung von meinen Feinden war alles möglich.

Als ich ihn sah, wie er am Flügel saß und dem Instrument die süßesten Töne entlockte, und seine Stimme durch die Luft getragen wurde, war es noch mehr um mich geschehen.

Dieser junge Mann war mir ans Herz gewachsen. Er war eine Seltenheit unter den selbstsüchtigen

Menschen, die es überall um mich herum gab.

Nuriel war ein Licht und er war ganz mein.

Die Leute hatten geklatscht und waren von ihm verzaubert worden, genau wie ich.

Ich musste ihn von den Leuten wegbringen, denn wer wusste schon, was sie mit meinem Engel vorhatten.

Reuben brachte ihn hinaus und ich unterhielt mich noch kurz mit dem Angestellten, Mr. Davidson.

Nuriel stand neben Reuben und sah mich mit seinen wunderschönen Augen an und plapperte einfach drauf los.

Es entlockte mir ein Schmunzeln und mir fiel ein Stein von Herzen, als heraus kam, dass er nicht von mir weg gegangen war, sondern ich einfach unachtsam war und er den Anschluss verloren hatte.

Nun war er wieder bei mir, in meinen Armen und ich genoss seine Nähe, wie er seine Hände um meinen Körper schloss und meinen Duft einatmete, als hätte er ihn ewig nicht mehr um sich gehabt.

Ich ließ ihn nicht einen Augenblick mehr aus den Augen.

Auch nicht als die Verkäuferinnen seine Maße genommen hatten. Ich achtete nicht auf die Klamotten, die er angezogen hatte, sondern sah nur in sein Gesicht, war ansonsten still und hielt mich zurück.

Der Einkauf hatte mich einiges Gekostet, aber am meisten wahrscheinlich meine Nerven, als ich gedacht hatte, dass Nuriel entführt wurde.

Schließlich lief immer noch Javier Flores frei herum und auch mein ehemaliger Angestellter, der sich auf die Seite der Feinde gestellte hatte war noch irgendwo in Vegas.

Kit war ein schweigsamer Kerl gewesen, aber bis dato war er loyal, hatte ich zumindest gedacht. In meiner Position musste man immer aufpassen, dass einer meiner Männer mir nicht selbst ein Messer in den Rücker rammte, aber bis jetzt war es noch nicht passiert.

Reuben fuhr uns zurück in das Loft und wir zogen uns zurück.

Wir hatten in dem Einkaufszentrum noch etwas gegessen und auch Nuriel hatte ordentlich zugelangt, was mich freute, schließlich war er noch immer erschreckend dünn. Sein Onkel hatte sich nicht eine Sekunde um ihn gesorgt, wenn Nuriel etwas brauchte, musste er sich selbst darum kümmern.

Er erinnerte mich etwas an mich. Zwar hatte meine Mutter noch gelebt, aber auch ich musste mich selbst am Leben erhalten. Aber anstatt in die dunkle Seite von Las Vegas hinein zu rutschen, hatte Nuriel sich seine Gitarre genommen und gespielt. Er hatte tatsächlich auch nicht schlecht verdient, schließlich hatte er damit die Miete bezahlt, sich und seinen Onkel versorgt.

Er wirkte im ersten Moment zart und sanft. Aber in Wirklichkeit war er unglaublich stark, auch wenn er es vielleicht gar nicht so sah.

Wir saßen auf der Couch und Nuriel schaltete sich wahllos durch die Sender, ohne einen davon wenigstens eine Minute an zu lassen.

„Kannst du dich nicht entscheiden?" Ertappt ließ er die Fernbedienung sinken und sah mich an.

„Sorry." Ich musste schmunzeln. „Ist doch nicht schlimm. Such weiter, wenn du willst."

Nuriel nahm die Fernbedienung wieder fester in die Hand und suchte mit strahlenden Augen weiter.

„Weißt du, ich hatte zuletzt einen Fernseher, da waren meine Eltern noch am Leben. Ich hab lange nicht mehr ferngesehen. In der Wohnung bei meinem Onkel steht zwar ein altes klappriges Ding, aber ich glaub nicht dass er noch richtig funktioniert. Ich habe auch nicht nachgesehen, weil ich nie dort war, eigentlich nur zum Schlafen und ansonsten hab ich die Wohnung gemieden."

Ich legte meinen Arm um ihn und verlangte stumm, dass er sich gegen mich lehnte, was er ohne Gegenwehr tat. Sein Körper schmiegte sich an meinen und ich streichelte über seinen Oberarm.

„Wie sind deine Eltern gestorben?" Mit einem Schmunzeln sah er zu mir auf. „Hast du nicht alles über mich gelesen." Verblüfft starrte ich ihn an. „Du hast Unterlagen hier liegen lassen und ich hab einen Blick darauf geworfen."

Mir rutschte eine Entschuldigung hinaus, welche er nur mit einem kleinen Lächeln hinnahm. Ich küsste seine Stirn und strich zart über seine Wange. Die kleine Unebenheit zog mich an und ich wusste, dass davon nichts in den Unterlagen gestanden hatte.

„Was hast du dort gemacht? Bist du als Kind hingefallen?"

Mit einem Seufzen fing er an zu erzählen. „Ich war erst kurze Zeit bei meinem Onkel, aber ich durfte nicht zur Schule und so zog ich los, mit meiner Gitarre, und versuchte etwas Geld zu verdienen. Einen Tag war mein Onkel schon wach und ich war zu spät aufgewacht. Benjamin hat immer viel getrunken und das zu jeder Tageszeit, als er mich sah, hatte er schon sichtlich viel intus. Er war ziemlich wütend, dass ich noch nicht unterwegs war, um ihm seine nächste Flasche zu finanzieren. Er schlug eine leere Bierflasche auf, die noch herum stand, und zog sie mir übers Gesicht. Hat ziemlich stark geblutet, aber ich hatte keine Krankenversicherung und ich wollte nicht in die Notaufnahme, vielleicht hätte es genäht werden müssen und ich hätte mir noch nicht einmal das Arztgespräch leisten können. Seit dem Tag stand ich immer pünktlich auf und achtete darauf, dass ich meinem Onkel aus dem Weg ging."

Nuriels Augen waren in die Ferne gerichtet, erst als ich über die feine Narbe strich, fokussierte sich sein Blick und ich hatte ihn wieder.

„Das tut mir leid." Er schüttelte nur den Kopf und lehnte sich noch ein Stückchen weiter gegen mich.

„Muss es nicht. Ist ja nicht deine Schuld."

Inzwischen lagen wir auf dem Sofa. Er auf mir, sein Gewicht fühlte sich angenehm auf mir an, sein Kopf lag er auf der Brust und ich war mir sicher, dass er meinen Herzschlag hören konnte.

Wir dösten vor uns hin. Ich fragte ihn weiter über sein Leben aus und ich genoss jede Information die er mir gab- machte ihn noch perfekter.

„Ich kann ziemlich viele Instrumente spielen. Meine Eltern haben meine Hingabe zur Musik unterstützt. Ich hab von ihnen eine Gitarre geschenkt bekommen. Am Anfang haben sie mich sicher deswegen verflucht, ich hab nicht eine Note getroffen und ich glaub sie saßen in der Küche und hielten sich die Ohren zu, während ich in meinem Zimmer saß und fröhlich vor mich hin gespielt hab."

Ich hatte das Bild förmlich vor Augen. Ein kleiner Junge, der freudestrahlend auf seinem Teppich saß und auf einer Gitarre spielte. Auch wenn es schief und krumm klang, war es für den Jungen seine ganze Welt.

Ich genoss die Nähe zu ihm und auch Nuriel lag entspannt in meinen Armen. Der Abend rückte näher und wir aßen zum Abendbrot jeder eine Pizza, welche ich bestellt hatte. Meinem Koch sagte ich ab, denn ich wollte mit meinem kleinen Engel allein sein.

Wir saßen wieder auf der Couch und guckten uns irgendeinen Film an, welchen ich nicht weiter verfolgte, meinen Blick immer auf den jungen Mann gerichtet.

Zwischendurch surfte ich mit meinem Handy im Internet, fand die entsprechende Seite und kaufte Nuriel ein Geschenk, mit welchem ich ihn überraschen wollte.

„Irgendwie ist der Film langweilig. Ich kann nicht verstehen wie Menschen stundenlang vor dem viereckigen Kasten sitzen und sich Druckgeschwüre am Po holen können."

Ich musste mir ein Lachen verkneifen und sah in seine Augen.

„Wir können auch etwas anderes machen."

„Und was?"

Ich überlegte kurz und war auf seine Reaktion gespannt, als mir etwas einfiel.

„In dem Hochhaus gibt es auch einen Club, der mir gehört. Wir können etwas trinken gehen."

„Und tanzen?" Nuriels Gesicht strahlte. „Na los, worauf warten wir noch?" Zügig war er aufgesprungen und rannte förmlich durch die Wohnung.

Ich folgte ihn mit langsamen Schritten und fand ihn im Ankleidezimmer wieder, wo er bereits einige Sachen verstaut hatte und so ein Teil von meinem weiten Leben geworden war.

„Was zieht man den in deinem Club an?" Ich überlegte kurz und sagte ihm er soll so gehen, wie er sich wohl fühlt.

Ich ließ ihn allein und schrieb Reuben eine Nachricht, dass wir in den Club gehen würden. Nach wenigen Sekunden kam eine Meldung zurück.

Da ich immer noch ein schwarzes Hemd und eine Anzugshose anhatte, ging ich so und wartete nur noch auf Nuriel.

Als er nach mehreren Minuten noch nicht da war,

ging ich noch mal nach ihm sehen, fand aber nur eine Tür, die zu war und in den Ankleideraum führte.

„Ich komm nach. Welcher Stock ist es denn?" Etwas verwundert, aber nicht besorgt sagte ich ihm die Nummer und ging schon mal vor. Nuriel würde sicher sofort nach kommen.

Ich hatte keinerlei bedenken, dass er Anstalten machte heimlich zu verschwinden.

Reuben stand bereits vor der Tür, die in mein Loft führte und sah mich verwundert an.

„Wo ist der Junge?"

„Kommt nach." Reuben sah mich mit einem undefinierbaren Blick an und nickte dann aber. Er schrieb jemanden und teilte mir mit, dass einer meiner Männer ihn abholen und ihn in den Club begleiten würde.

Die Musik hallte durch den Club und ließ die Wände erzittern.

Mit den langen Schritten ging ich zu meinem persönlichen Platz und setzte mich auf den bequemen Sessel, der nur für mich vorgesehen war.

Ich bestellte mir schon mal einen Scotch und wartete auf meinen Engel.

Die Menge tobte und genoss die ausgelassene Stimmung, den Alkohol und die Musik, welche vom DJ aufgelegt wurde.

Mein Blick wanderte über die vielen Menschen und blieb bei einem Mann hängen.

Eine enge schwarze Hose schmiegte sich an seine Beine und das schwarze Hemd, welches etwas lockerer saß, verleitet mich zu nicht jungenfreien Vorstellungen.

Seine dunkelblonden Haare waren etwas zurückgegelt und seine Augen leuchteten förmlich in dem herrschenden Licht. Sein Blick auf mir.

Noch nie sah er verführerischer aus und er war ganz mein.

Ich merkte nicht, wie ich mich erhob und er kurz vor mir zum stehen kam.

„Sehe ich akzeptabel aus." Hinter mir musste sich Reuben ein Lachen verkneifen, was in einem Husten endete, aber meine Augen lagen nur auf ihm.

„Du sieht atemberaubend aus." Ich zog ihn an mich und sein Körper schmiegte sich an den meinen.

Ich wusste jetzt schon, dass es eine unvergessliche Nacht werden würde.

Wir unterhielten uns.

Wir fassten uns an- suchten die Nähe des anderen, weil die Luft so aufgeladen war.

Wir tranken.

Wir tanzten- und dass obwohl ich noch nie so getanzt hatte. Mit keinem anderen Menschen hätte ich auf der großen Tanzfläche stehen wollen, wo sich die Körper aneinander rieben.

Im frühen Morgen merkte ich die Müdigkeit von meinem kleinen Teufel in Engelsgestalt. Er hatte auch etwas zu viel getrunken, aber nicht so, dass er es am nächsten Tag bereuen musste, dafür hatte ich gesorgt. Ich gab ihn ein Aspirin, als wir wieder im Bett lagen und er mich mit müden Augen ansah, die aber voller Liebe leuchteten.

„Schlaf dich aus." Ich küsste ihn noch einmal auf die Lippen und merkte wie er in einen ruhigen Schlaf fiel, zumindest dachte ich dies, bis er anfing mein Herz zum stehen zu bringen.

„Du verlässt mich doch nicht wie alle anderen auch, oder Dex?"

Ich warf meinen Kopf zu ihm herum und erkannte, dass er nun wirklich eingeschlafen war.

Ich dachte Stunde um Stunde nach.

Über seine Worte.

Über mich.

Über ihn.

Über uns.

Über das, was vielleicht aus uns werden würde.

Ich war der Mafiaboss von Vegas und meine Feinde lauerten an jeder Ecke. Ich hatte Nuriel in meine Welt entführt. Hatte ihm keine wirkliche Wahl gelassen.

Aber ich würde auf ihn aufpassen und ihn beschützen. Würde ihn bei mir behalten und jeden vernichten, der ihn etwas zu leide tun wollte.

Ich rutschte zu ihm und schlag meinen Arm um seinen Bauch. Auch wenn er schlief, reagierte sein Körper auf mich, rutschte näher zu mir, genoss meine Wärme. Es entfuhr ihm sogar ein Seufzen und ich wusste, ich hatte das wichtigste im Arm, was ich jemals besessen hatte.

Kapitel 13
Nuriel

Es hatte sich so etwas wie Alltag bei uns eingeschlichen. Dexter ging über den Tag arbeiten, selten nur noch in der Nacht. Reuben schaufelte ihm so viel Freizeit mit mir wie es möglich war, welche ich mit vollen Zügen genoss.

Ich hatte angefangen ihm mit dem Spitznamen anzusprechen, welchen ich ihm gegeben hatte, als wir zusammen vor zwei Wochen in seinem Club waren.

Ich fang es immer noch erstaunlich, wie viel sich in diesem Gebäude befand. Das Casino hatte ich nicht wirklich Aufmerksamkeit geschenkt, da ich daran kein Interesse hatte, aber das Kino und den Club hatten wir ein paar Mal besucht.

Ich genoss die Zeit mit Dex und ich fühlte mich als wäre ich Zuhause angekommen. Ich konnte nur hoffen, dass er mich nicht irgendwann hinaus warf, die Angst bestand bei mir jeden Tag, weil ich dann nicht wusste was ich machen sollte, aber ich versuchte diese negativen Gedanken zu verdrängen.

Diesen Morgen wachte ich allerdings ohne ihn an meiner Seite auf. Ich war etwas gerädert, weil wir gestern Nacht noch in seinem Spielzimmer waren und er mich mit nur einer Augenbinde am Leib, an das Bett gefesselt hatte.

Ich liebte es wenn wir Sex hatten. Egal welche Art von Sex. Etwas härter oder unglaublich sanft, was ich ihm beim ersten Mal niemals zugetraut hätte. Aber Dex sorgte sich um mich und ich liebte ihn dafür nur noch mehr.

Ich hatte ihm allerdings noch nicht gesagt, dass ich solche Gefühle für ihn hatte, denn wer weiß wie er es erwidern würde. Er war nun mal der Boss der Mafia von Las Vegas und ich hatte bis jetzt nur grausame Gerüchte über ihn gehört. Konnten solche Menschen jemanden lieben?

So wie er mich behandelte, würde ich sofort ja sagen, weil er mich behandelte, als würde ich etwas ganz besonderes sein.

Mit einem Seufzen stand ich auf, ließ alle Gedanken hinter mir und zog das Hemd von Dexter an. Welches er gestern nur beiläufig über den Sessel geworfen hatte.

Sofort umfing mich sein Duft. Er war einzigartig. Mit einem kleinen Lächeln im Gesicht ging ich aus dem Schlafzimmer, in dem wir jede Nacht verbracht hatten.

In dem Raum, in welchem ich am meinem ersten Abend eingesperrt war, lag bestimmt bereits eine dicke Staubschicht, denn ich hatte es nicht noch einmal betreten. Warum auch? Dexter mied es auch und für die Größe der Wohnung war es auch kein Wunder, denn viele Räume waren einfach da und er begab sich nicht ein einziges Mal dort hinein.

Ich war inzwischen in der Küche und sah in den Kühlschrank, doch leider war nicht mehr viel darin übrig. Den Koch schickte Dexter immer weg, weil wir essen gingen oder uns etwas bestellten. Erst jetzt merkte ich, dass der Koch wahrscheinlich auch derjenige war, der einkaufen ging.

Ich überlegte kurz und nahm mir mein Handy, welches mir Dex gekauft hatte, damit ich ihn immer erreichen konnte.

Es befand sich sogar eine Nachricht darauf.

Bin noch unterwegs. Bin gegen zehn Uhr wieder zuhause.

Ich sah auf die Uhr und merkte das ich noch eine Stunde Zeit hatte.

Eilig suchte ich alle Zutaten zusammen, die mir mein Handy sagte, als ich ein Rezept gefunden hatte.

Die Küche sah wahrscheinlich aus, als hätte eine Bombe eingeschlagen und ich hatte vielleicht auch etwas Mehl im Gesicht, aber zu meiner Verteidigung- Ich hatte das noch nie gemacht.

Ich bewegte mich zur Musik, welche ich nebenbei laufen ließ. „*Taylor Swift*" mit *"Shake it Off"* lief in voller Lautstärke, als die Haustür aufging und Dexter Rune hinein trat.

Mit einem Mal stand ich stumm da, noch immer den Kochlöffel in der Hand, der zu meinem Mikro auserkoren geworden war.

Belustigung spiegelte sich in seinen Zügen und nach kurzem Zögern sang ich einfach weiter, schwang meine Hüften und tanzte auf meinen Mafiaboss zu.

Brachte ihn zum Lachen und wenn ich die Funktion zum aufnehmen auf meinem Handy gefunden hätte, hätte ich es gespeichert, damit ich dieses Lachen mir immer wieder anhören konnte.

„Ich sehe du hattest Spaß."

Nachdem das Lied zu Ende war und ich die Musik etwas leiser gemacht hatte, sah ich mich um und erkannte, dass ich wirklich einiges an Unordnung in der Küche hinterlassen hatte, aber das war es hoffentlich wert gewesen.

„Ich hab uns Frühstück gemacht." Erzählte ich stolz meinem Gegenüber und führte ihn an den Tisch, welchen ich mit zwei Tellern, Ahornsirup, Messern und Gabeln bestückt hatte.

„Was gibt es denn?" Ich warf ihm nur einen verschwörerischen Blick zu und brachte den

112

großen Teller herbei, der noch in der Küche war, in dem Warmhalteofen, damit unser Frühstück nicht kalt wurde.

Ich stellte den reichlich gefüllten Teller ab und strahlte von einem Ohr zum anderen.

„Pancakes."

Kapitel 14
Dexter

Es war eine schlechte Nacht gewesen und als ich Nuriel eine Nachricht schrieb, war es bereits fünf Uhr morgens. Er schlief wahrscheinlich noch und hatte nicht einmal gemerkt, dass ich weg war.

Mein Engel schlief immer friedlich und wachte meist in meinen Armen auf, nachdem ich ihn eine Weile beobachten konnte. Er sah so friedlich aus und ohne Sorgen.

Ich besann mich meiner Situation und sah durch die Lagerhalle. Wir hatten heute einige unserer Waffen verloren, die wir hier lagerten. Ich war mir sicher, dass die mexikanische Mafia, besonders Javier dahinter steckte. Kit, welcher übergelaufen war, hatte sicher die nötigen Informationen an den Feind weiter geleitet.

Es war eine Katastrophe und ich sah zumindest, dass auch die gegnerische Seite Verluste erlitten hatte, den zwei der fünf Leichen waren keine unserer Leute. Aber trotzdem hatte ich zwei meiner Männer verloren, und noch immer waren Flores und Kit auf freiem Fuß.

Die Zeit zog sich und als wir endlich zurück fahren konnten, war ich sichtlich froh darüber, denn Reuben sah mich nur lächelnd an und wünschte mir viel Spaß, als er mich an der Wohnungstür abgeladen hatte.

Als ich die Tür öffnete schlug mir zum einen die laute Musik entgegen und danach der Geruch von Essen. Was es genau war, konnte ich nicht sagen, aber als ich die Küche sah und wie Nuriel mit etwas Mehl bestäubt ertappt stehen blieb und mich mit großen Augen anstarrte musste ich lachen.

„Ich hab uns Frühstück gemacht." Erzählte er mir stolz und ich bewegte mich, nach einer Tanzeinlage von Nuriel zum Tisch, welcher bereits mit wenigen Sachen gedeckt war. Zwei Teller, Ahornsirup, Messer und Gabel.

„Was gibt es denn?" Nuriel warf mir einen verschwörerischen Blick zu und brachte den großen Teller, welcher mit einem riesigen Berg gefüllt war.

„Pancakes.", sagte er vor Freude strahlend, mit einem Lächeln von einem Ohr zum anderen.

Der Augenblick, als er mich im Halbschlaf gefragt hatte, wann er Essen machen sollte, wenn ich ihn doch einsperrte, schoss mir durch den Kopf.

„Guten Appetit." Nuriel hatte sich schon mehrere Pancakes auf seinen Teller geladen und mit reichlich Ahornsirup überschüttet. Ich starrte ihn voller Staunen an und musste schmunzeln, weil er sich viel zu viel auf einmal in den Mund schob.

„Hast du gar keinen Hunger?" Er sah mich besorgt an und ich schüttelte die Gedanken von mir ab. „Doch. Ich freu mich, dass du etwas für uns gemacht hast. Ich könnte mich dran gewöhnen."

Ich nahm mir auch etwas zu Essen und genoss die Pancakes, die Nuriel extra für uns zubereitet hatte.

„Die schmecken wirklich gut." Mein Engel wurde rot und aß schweigsam weiter. Es war niedlich, wie er nicht mit Lob umgehen konnte. Manche Leute lechzten danach, aber für Nuriel war es etwas besonderes, was ihn liebenswert machte.

Wir aßen alles auf und saßen vollgefressen auf unseren Stühlen, den Rücken an der Lehne und mein Gegenüber streichelte seinen vollen Bauch.

„Ich kann nichts mehr essen." Völlig fertig schloss er die Augen.

Er hatte noch immer Mehl im Gesicht und auch das Hemd, welches er sich von mir übergeworfen hatte war reif für die Wäsche, zig Teigflecken bedeckten das Kleidungsstück.

Sicherlich hatte er auf seinen nackten Beinen oder Armen Reste des Teiges kleben. Mir kam eine Idee und ich zwang meinen Körper dazu aufzustehen.

Mit langsamen Schritten ging ich auf ihn zu und seine haselnussbraunen Augen sahen zu mir nach oben, als ich mich direkt bei ihm befand.

Ohne etwas zu sagen hob ich ihn hoch und ging in die Küche, aber nicht ohne den Ahornsirup zu greifen, der einladend auf dem Tisch stand. Seine Beine schlossen sich um meine Hüften und er blickte überrascht, als ich ihn auf die Arbeitsplatte setzte und langsam das Hemd aufknöpfte.

Seine Wangen nahmen einen rosigen Ton an und ich sah ihn tief in die Augen, als ich etwas von dem kalten Ahornsirup über seinen Oberkörper goss.

Ich beobachtete wie der Sirup seinen Körper hinunter lief. Als es fast an seinem besten Stück angekommen war beugte ich mich hinunter, setzte die Zungen an und leckte hinauf, bis ich zu seinen Lippen kam. Ich ließ ihn kosten. Es schmeckte nach dem Sirup, aber auch nach ihm, die beiden Geschmäcker vermischten sich und schufen etwas Unvergleichliches.

Nuriel entfuhr ein Stöhnen und auch mir entkam so mancher Laut, als wir uns gänzlich auszogen und langsam zum Boden vorarbeiteten. Auf dem Küchenboden waren Spuren von Mehl und auch eine Eierschale lag verloren da, aber im Moment war uns alles egal.

Meine Finger bereiteten seinen Eingang vor, und die Lust in seinen Augen verschlug mir die

Sprache. Langsam drang ich mit meinen steifen Penis in ihn ein, bis ich seinen Punkt gefunden hatte. Nuriel schnappte nach Luft und krallte sich mit seinen Fingernägeln in meinen Rücken. Ich war mir sicher, dass sich dort nun rote Striemen befanden, weil er mit seinen Fingern hoch und runter fuhr.

Ich stieß immer wieder zu, erst bedacht, später immer schneller und gröber. Seine Muskeln zogen sich zusammen und er pumpte mich leer, füllte ihn. Sein Saft bedeckte einen Unterleib und ich leckte seine Spuren auf. Erneut küsste ich ihn und er schloss die Augen, unsere Zungen umspielten sich. Ich war mir sicher, dass dieser Geschmack noch besser war, als der vorherige, denn jetzt war es purer Nuriel.

Kapitel 15
Nuriel

Wir lagen noch in der Küche, auf dem schmutzigen Boden, weil mir beim Essen machen einiges herunter gefallen war, aber es störte uns nicht.

Dex Arme waren um mich geschlungen und mein Ohr lag genau über seinem Herzen. Ich konnte jeden Schlag hören und merkte, wie es sich langsam von unserem Sex erholte.

Immer noch in unseren Nachwehen gefangen fragte ich ihn etwas, was mich schon die ganze Zeit beschäftigt hatte.

„Hast du die Sachen aus der Wohnung von meinem Onkel wegschmeißen lassen?"

Verwirrt sah er mich an. „Nach dem Sex denkst du an so etwas?"

Ich verstand es selbst nicht, warum ich ihn ausgerechnet jetzt danach fragte, aber die Worte waren schneller draußen, als mein Hirn sie verarbeitet hatte.

„Ich weiß, der Zeitpunkt ist blöd, vergiss es einfach." Seine smaragdgrünen Augen beobachteten mich genau.

„Worauf willst du genau hinaus?" Natürlich. Er war ja irgendwie eine Art Geschäftsmann und brachte die Dinge schnell zur Sprache, er wusste, dass ich nicht einfach wegen Kleinigkeiten fragen würde.

„Die Gitarre." Es war nur ein Flüstern, aber Dexter hörte es genau und gab mir ein Zeichen, dass ich weiter sprechen sollte.

„Dort liegt noch meine Gitarre." Schon als ich es ausgesprochen hatte, fiel er mir ins Wort. „Ich kauf dir eine Neue." Geknickt sah ich weg und stand mühsam aus seinem Griff aus, auch wenn es zögerlich war, ließ er mich gehen.

Ich hörte, dass auch er hinter mir aufgestanden war, als ich mir bereits das Hemd wieder übergeworfen hatte.

Seine muskulösen Arme legten sich um mich und ich spürte seine Lippen auf meinem Haupt. Dex gab mir einen Kuss auf meine Haare. „Warum ausgerechnet diese Gitarre? Ich kann dir doch eine Neue kaufen."

„Es ist die Gitarre, die mir meine Eltern geschenkt hatten. Ich weiß es ist blöd, ist ja nur eine Gitarre. Vergiss es einfach." Ich befand mich schon wieder zwei Schritte von ihm entfernt, aber seine Hand schoss vor und zog mich an meinem Oberarm zurück zu sich.

In seinem Griff gefangen, lehnte ich mich an seine Brust und hörte die Worte an meinem Ohr, welche er mir zuflüsterte.

„Warum hast du das nicht gleich gesagt. Natürlich können wir sie holen gehen. Du hättest eher etwas sagen sollen."

Ein sanftes Lächeln lag auf unseren Gesichtern und ich war froh, dass er mich verstand, wie wichtig mir diese Gitarre war.

Ich befand mich direkt auf den Weg zu seinen Lippen, als sein Handy klingelte. „Das kann warten.", sagte er.

Aber nachdem wir den Kuss angefangen hatten, und das Handy immer wieder anfing mit klingeln, stöhnte Dex genervt auf. „Tut mir leid, da muss ich ran gehen." Ich musste mir ein Lachen verkneifen, als ich sah wie geknickt er war.

Während er weg ging, konnte ich wenigstens seinen Hintern bestaunen, der noch immer nackt war.

Als er nicht mehr zu sehen war, machte ich mich daran, das Chaos zu beseitigen, was ich am Morgen hinterlassen hatte, als ich meinen ersten richtigen Kochversuch gestartet hatte. Auch wenn mir der Versuch etwas zu zaubern Spaß gemacht hatte, so sah ich es nach dem Aufräumen wieder etwas anders.

Als Dexter endlich zurück kam, war in einen Anzug gehüllt und ich konnte nicht noch einmal in den Genuss von seinem Hinterteil kommen.

„Ich muss noch mal los. Einer meiner Männer wird dich zu eurer Wohnung bringen und dort kannst du deine Gitarre holen. Er kommt dich in fünfzehn Minuten abholen."

Er gab mir einen flüchtigen Kuss auf die Lippen und ging Richtung Tür. „Pass auf dich auf.", rief ich ihm hinterher. Dex drehte sich um und zwinkerte mir zu. „Mach ich doch immer." Und schon war er verschwunden, ich sah auf die Uhr, welche in der Küche hing und rannte schnell unter die Dusche. Mit eiligen Händen hatte ich die gröbsten Spuren von den letzten Stunden beseitigt und mich in eine Jeans und ein T-shirt geworfen.

Ich war gerade in dem großen Wohnbereich angekommen, da ging auch schon die Haustür auf und ein Mann im schwarzen Anzug füllte den Rahmen aus.

„Mr. Jenson. Ich werde Sie fahren, bitte kommen Sie mit."

Im Fahrstuhl fragte ich nach seinem Namen, was er mit einem knappen „Max" erwiderte.

„Sie können mich auch Nuriel nennen." Mein Begleitschutz sah mich von oben bis unten an und ein Lächeln überzog sein Gesicht. Ein einfaches Nicken. Er war wohl auch nur ein Mann, der nicht gerne sprach. Das konnte ich gut nachvollziehen.

Nur beim Singen kannte ich wenig Grenzen und vergaß oft meine Schüchternheit.

In der Tiefgarage angekommen gingen wir auf einen silbernen Mercedes zu, welcher bereits offen war. Max hielt mir die Tür auf und ich stieg mit einem kurzen Dank ein.

Die Fahrt über schwiegen wir, aber es war ein angenehmes Schweigen. Zwischendurch hing ich meinen Gedanken nach, dachte an Dexter und hoffte, dass er sicher zu mir zurück kommen würde, denn schließlich war sein Job, wenn man ihn überhaupt als diesen bezeichnen konnte, verdammt gefährlich.

„Wir sind da." Max stieg aus und öffnete mir erneut die Tür. Max war sehr höflich und mit diesem Verhalten ein echter Gentleman. Er ging neben mir bis zur Tür und trat hinein.

Vielleicht wäre alles anders gekommen, wenn er nicht als erstes durch diese Tür gegangen wäre.

Kapitel 16
Dexter

Ich hatte bis zum Abend mit der mexikanischen Mafia zu tun gehabt und ich hatte langsam echt die Schnauze voll.

Javier Flores hatte sich offensichtlich selbstständig gemacht und sich von diesem Zirkusverein abgesondert, nachdem die seine Entscheidungen nicht gut genießen hatten.

Jetzt war er irgendwie mein Problem, weil er auf meinem Gebiet unterwegs war.

Als ich über den Tag keine Nachricht von meinem Engel erhielt, machte ich mir zuerst etwas Sorgen, aber dann dachte ich, dass er sicher auf der Couch sitzen und mit seiner Gitarre spielen würde. Max war sicher bei ihm geblieben und passte auf ihn auf. Zwischendurch war ich immer wieder mit Flores und der mexikanischen Mafia beschäftigt, dass ich alles andere vergaß, auch wenn mir im Nachhinein vielleicht aufgefallen wäre, dass Max mir immer Nachrichten schickte, wenn etwas erledigt war.

Am Abend kam ich durch die Tür, innerlich schon das Bild vor Augen, wie er dasaß und die Welt um sich herum vergessen hatte, Max etwas abseits, aber meinen Engel immer im Blick.

Aber das Loft lag dunkel vor mir und ich sah mich verwundert um. Auf einmal waren alle Gedanken wieder da und ich spürte Reuben, der hinter mir geblieben war und mich wieder zur Tür begleitet hatte.

Ich rannte durch die Wohnung und riss erst die Tür zum Schlafzimmer auf. Danach jede Andere, welche sich hier befand, aber das Ergebnis blieb das Selbe.

Nuriel war nicht da.

„Es kann eine simple Erklärung dafür geben." Reuben war schon immer die Stimme der Vernunft und nur durch ihn atmete ich einmal tief durch und gab meine Anweisung.

„Ich will sein Handy geortet haben. Ruf unseren IT Spezialisten an. Wir fahren zu der Wohnung von seinem Onkel."

Ich wusste nicht wie viel Zeit vergangen war, aber es kam mir alles vor als wäre es nicht Real, als würde ich träumen. Und als ich vor der Tür stand, welche einmal Nuriels Zuhause gewesen war, verstärkte sich dieses Gefühl, was mir schon die ganze Zeit die Luft abgeschnürt hatte.

Inzwischen waren ein paar von meinen Männern versammelt und die schussbereiten Waffen glänzten in der untergehenden Sonne von Vegas.

Ich öffnete die Tür und trat hinein, genau in die

Pfütze. Der leichte Geruch von Eisen hing in der Luft und das Team sicherte unverzüglich die Umgebung.

Vor mir und Reuben lag der Begleitschutz von Nuriel. Tot. Deutliche Einschläge auf den Kopf, welche geblutet hatten, was ihn allerdings zum erliegen brachte, waren die zwei Kugeln, die durch seine Brust gejagt wurden, von dort war das ganze Blut hinaus gesickert und hatte sich auf den Boden zu einer riesigen Pfütze ausgebreitet.

„Wo ist er?" Reuben wusste sofort das ich nicht Flores oder Kit meinte.

„Er ist nicht hier. Er wurde wahrscheinlich mitgenommen."

Ich wollte mir nicht vorstellen was man mit ihm machen würde, aber eins musste ich mir eingestehen. Es war meine Schuld.

Ich war für seine Sicherheit verantwortlich gewesen und hatte ihn den besten Schutz versprochen, dass ich nicht von Seite weichen würde und nun stand ich hier. Meine Feinde hatten ihn in ihrer Hand.

„Wir müssen ihn finden!" Meine Stimme war selbst für mich zu kalt und Reuben starrte mich mit großen Augen an, aber ab jetzt war es mehr als nur etwas Geschäftliches. Man wollte mich nicht bloß um meine Position bringen. Nein, man wollte mir das Einzige nehmen was mir wirklich und wahrhaftig etwas bedeutete.

Neben mir klingelte Reubens Telefon. „Was gibt es." Unser IT Spezialist sprach deutlich und sogar ich konnte ihn verstehen.

„Ich kann das Handy orten, aber es ist bei euch in der Wohnung." Ich musste mich zusammenreißen um nicht irgendwas oder irgendjemanden zusammen zu schlagen. „Es gibt noch eine Mail, leider konnte ich sie noch nicht zurück verfolgen. Sie ging auf unseren Server ein und beinhaltet einen Text und ein Video. Muss erst wenige Stunden alt sein, wenn Mr. Jenson noch heute Morgen bei dem Boss war." Ich wurde hellhörig und riss Reuben sein Handy aus der Hand.

„Schick es mir aufs Handy!", blaffte ich ihn an und legte sofort auf. Ich zog mein eigenes Handy aus der Tasche und wenige Sekunden später erschien eine eingehende Nachricht.

Wir haben deinen Jungen.

Nichts weiter, nur diese vier kleinen Worte. Ich hatte die Befürchtung, dass sie ihn nicht gehen lassen würden, trotz meiner anstrebenden Bemühungen ihn zurück zu holen. Sie würden ihn töten. Kit und Javier hatten nicht vor um Lösegeld zu feilschen. Sie wollten mich ruinieren und hatten sich das perfekte Mittel heraus gesucht.

Ich schaltete das Video an und durchlebte meine schlimmsten Befürchtungen.

Es waren keine Stimmen zu hören, keinerlei Anzeichen wer diese Taten beging, aber eine Stimme war zu hören, die meines Engels und ich wünschte mir insgeheim, dass ich dieses Video niemals aufgerufen hätte.

Nuriel hatte eine Augenbinde um, aber seine schmerzbestimmten Schreie brachten mir eine Gänsehaut ein.

Seine Entführer zoomten heran und ich konnte deutlich sehen, wie das Messer über seinen Oberschenkel gezogen wurde. Nach den Anzeichen, nicht das erste Mal. Es waren schon unzählige kleine Wunden auf seinen Beinen zu sehen, welche aber nur leicht bluteten und nicht tief aussahen.

„Bitte. Bitte aufhören." Seine Stimme war voller Leid und die Entführer richteten die Kamera auf sein Gesicht, wo sich bereits die Augenbinde mit Tränen vollgesogen hatte.

Danach wurde alles schwarz und das Video war vorbei.

Ich wusste ganz genau, dass dies erst der Anfang war und mein Engel noch viel Leid erfahren würde. Wenn ich erst einmal Javier und Kit in der Hand hätte, würde ich sie eigenhändig töten.

Zusehen wie das Licht langsam aus ihren Augen erlischt, weil sie mir eben das einzige geraubt hatten was in meinem Leben gut und rein war.

Die nächsten Stunden verbrachten wir damit eine Spur zu finden, alles vergebens. Auch wenn ein Tag den anderen wich- keine Spur.

Nur ein Video in dem er litt.

Dann noch eins.

Und dann noch eins.

Kapitel 17
Nuriel

Ich hatte mein Zeitgefühl verloren. Einmal lag ich auf dem Boden, auf dieser ekligen Matze, die nach Urin roch und ein anderes Mal hing ich an meinen Händen gefesselt an der Decke. Die verschiedenen Szenen änderten nichts, denn die einzigen Worte die in meinem Kopf waren hielten mich irgendwie am Leben. *Wann würde es enden? Wann brauchte ich keinen Schmerz mehr spüren?*
Am Anfang hatte ich noch gedacht, dass mich jemand hier raus holen würde. Aber es kam niemand.

Keine Polizei.

Keine Mafia.

Kein Mafiaboss.

Kein Dexter Rune.

Meine Gedanken waren ein einziges Chaos und ich merkte wie mir jede weitere Stunde, Minute, Sekunde der Lebenswille abhandenkam.

Meine Gedanken drifteten zu dem Moment, als mein Leben vollkommen aus den Fugen gerissen wurde.

Mit tat es um Max leid, wäre er nicht bei mir gewesen, so wäre er noch am Leben. Sie hatten mich gezwungen dabei zuzusehen, wie das Leben aus ihm wich. Hatte miterleben müssen, wie seine Lunge versuchte Luft hineinzubekommen, aber die zwei Einschusslöcher verhinderten weitere Versuche am Leben zu bleiben.

Irgendwas hatte es mit mir gemacht, als ich sah wie ein Leben vor mir erlosch. Von dem Moment an war ich irgendwie betäubt und erst die eigenen Schmerzen hatten mich aus dem Loch heraus gerissen, aber ehrlich gesagt konnte ich auf diese Schmerzen verzichten. Denn so fragte ich mich, wann ich auf dem Boden lag und vor mich hin starb, ohne dass mich jemand retten kommen würde.

Ich lag heute wieder in diesem kalten Keller. Zumindest nahm ich dies an, weil die Wände feucht waren und eine unangenehme Kälte ausstrahlten.

Ich lag auf meiner Schlafstätte- meine Matratze.

Als ich hier das erste Mal hinein geworfen worden war, fand ich alles eklig und ich wollte mich noch nicht mal mit einer meiner Zehen darauf treten, doch als ich das merkte, dass ich hier nicht wieder raus kam und sich der Kerl vor mir vielleicht die gleichen Sorgen gemacht hatte, war es schon passiert.

Wie viele Menschen hatten auf dieser Matratze gelegen und sich erleichtern müssen, nur weil es keine andere Möglichkeit gab.

Manchmal bekam ich sogar einen Eimer, aber auch dies war ein Luxus, den ich mir schnell abgewöhnt hatte. Sowie Licht, Essen und vieles mehr.

In meinen eigenen Dämonen gefangen, merkte ich erst spät wie die Tür aufging und schon wieder sah ich ihn.

Javier Flores.

Meine Angst in Menschengestalt. Immer wenn er mich hier raus holte verbrachte ich den Tag mit Schmerzen. Hätte mir jemand gesagt, dass ein Mensch so viel aushalten konnte, ich hätte ihm nicht geglaubt, aber jetzt hatte sich vieles geändert.

Hinter Flores tauchte eine zweite Gestalt auf und ich sah meinem anderen Peiniger in die Augen, versuchte vor diesen beiden Monster weg zu kommen, aber die Zelle war klein und durch die Steine in meinem Rücken merkte ich bereits nach wenigen Sekunden das es wieder kein Entrinnen gab.

Keiner würde mich retten kommen. Keiner Würde die Hand aufhalten, die sich jetzt auf mich zubewegte.

Kit, ein ehemals treuer Mitarbeiter von Dexter packte mich und riss mich nach oben. Ich war zu schwach auf den Beinen und so schliff er mich nur hinter sich her, während mir stumme Tränen über meine Wangen flossen und ich hoffte, das die Schmerzen heute nicht so schlimm werden würden.

Wie immer wurde meine Hoffnung zunichte gemacht und ich verlor wieder einen Teil meiner selbst.

Kapitel 18
Dexter

Die erlösende Nachricht ließ mich seit Tagen aufatmen. Neun Tage war es nun her, dass man meinen kleinen Engel entführt hatte, doch heute konnte ich ihn wieder in die Arme schließen.

Reuben hatte mich angerufen und gesagt ich solle etwas abwarten, aber ich konnte nicht mehr still sitzen.

Wenn die Entführer Glück hatten und ich wieder friedlich gestimmt war, wenn ich Nuriel in Arm gehalten hatte, würde ich ihnen vielleicht einen schnelleren Tod bescheren, als vorher von mir ausgemalt.

Mein Mercedes S65 Coupé schnellte durch die Straßen.

Auf dem Hauptdisplay wurde mir angezeigt, das eine weitere Nachricht von Reuben eingegangen war, die mir sofort angezeigt wurde. Ich drosselte mein Tempo und las die Worte, die mich zu einer Vollbremsung zwangen.

Sind im Krankenhaus.

Meine Rache an Kit und Javier musste noch etwas warten.

Ich änderte die Richtung und achtete kein einziges Mal auf eine rote Ampel oder die

Geschwindigkeitsbegrenzung.

Vor dem Krankenhaus standen meine Männer und nahmen mich in Empfang. Reuben stand in der Empfangshalle des Krankenhauses und unterhielt sich mit einem Arzt, dessen Name mir nicht sagte, aber ich erkannte ihn trotzdem, er arbeite mit uns und stand auf meiner Gehaltsliste.

„Wo ist er?" Beide Männer drehten sich um und der Arzt räusperte sich. „Wie ich bereits gesagt hatte, geht es Mr. Jenson den Umständen entsprechend. Ich kann noch keine genauere Prognose stellen. Er hat unzählige Schnitte, welche nicht richtig versorgt wurden. Besonders ein Schnitt am rechten Oberschenkel macht uns Sorgen. Dort ist bereits eine fortgeschrittene Entzündung auszumachen, die wir sofort mit Antibiotikum versorgt haben.

Dazu kommt noch Unterernährung und dehydriert ist er auch. Wir versuchen unser Bestes. Er liegt im Moment auf der Intensivstation und wird dort behandelt. Er ist noch nicht zu sich gekommen."

Das durfte nicht wahr sein. Mein Nuriel musste gesund sein, sollte mir um den Arm fallen und ich sollte ihm sagen, dass alles wieder gut werden würde.

„Ich will ihn sehen." Meine Stimme ließ keinen Raum für Interpretationen.

Der Arzt guckte verlegen auf den Boden und richtete danach seinen Blick nun direkt auf mich. „Ich muss Ihnen leider noch mitteilen, dass er Zeichen von sexuellem Missbrauch aufweist. Sein Schließmuskel ist überdehnt und er blutete rektal. Von den ganzen Prellungen und blauen Flecken will ich erst gar nicht anfangen. Ich kann noch nicht abschätzen wie er auf uns oder sie reagieren wird. Ich habe bereits einen Psychologen kontaktiert. Wenn Sie in sein Zimmer gehen, müssen sie auf alles vorbereitet sein."

Ich nickte benommen und folgte dem Arzt, Reuben in meinem Rücken. Wir wurden auf die Intensivstation eingeschleust und es kam mir vor, als wäre dies ein Traum.

Vor einer gläsernen Schiebetür blieb ich stehen und meine Atmung setzte aus.

Litt mit dem jungen Mann mit, der an unzähligen Kabeln hing. Niemand sollte dort liegen, schon gar nicht mein Nuriel.

Aber er lag dort, grün und blau im Gesicht. Mit bedachten Schritten ging ich in den Raum. Reuben legte mir eine Hand auf die Schulter und sagte mir er würde auf mich warten.

Langsam ging ich zu dem Bett. Beobachtete seine Brust, die sich langsam hob und sank. Eine Krankenschwester brachte mir einen Stuhl und ich sank erschöpft darauf.

Nuriel gab kein Geräusch von sich, als ich meine Hand vorsichtig über seine schob, darauf bedacht keinen Zugang abzuklemmen.

Mit der anderen Hand schob ich ein paar verirrte Strähnen seines dunkelblonden Haars aus dem Gesicht. Seine Lippe war aufgeplatzt und ich strich darüber, aber Nuriel reagierte auf keinen meiner Berührungen.

Ich starrte ihn immer weiter an, hoffte auf ein Zeichen, das er aufwachen würde, doch er blieb liegen. Nur das regelmäßige Piepen der Monitore war zu hören und ich merkte nicht wie mein Freund zu mir kam und mir noch einmal seine Hand auf die Schulter legte und fest zudrückte.

„Er wird wieder." Reuben klang zuverlässiger als ich mich fühlte.

„Das muss er." Es war nur ein Flüstern, aber er hatte recht, Nuriel musste wieder in Ordnung kommen. Dieser junge Mann hatte noch so viel vor sich, hatte noch ein langes Leben, welches ich mit ihm verbringen wollte.

„Ich weiß nicht ob ich ohne ihn weitermachen kann. Er war meine Stärke. Was soll ich ohne ihn machen?" Reubens Griff wurde stärker, doch eine Antwort auf meine Frage hatte auch er nicht und so verbrachten wir Stunde um Stunde damit die

Liebe meines Lebens zu beobachten. Hofften das er aufwachen würde.

Kapitel 19
Nuriel

Aufzuwachen und keinen Schmerz zu spüren fühlte sich wie ein Traum an. Verwirrt öffnete ich langsam die Augen und sah mich in dem sterilen Raum um.

Neben mir befand sich ein leerer Stuhl und gegenüber befand sich eine Glasfront, welche mit weißen Gardinen behangen war, damit man nicht hinaus sehen konnte. Ein Fenster gab es auch und die Sonne stand hoch am Himmel, leider war auch dieses Rollo herunter gelassen und nur einzelne Sonnenstrahlen kamen herein.

Wie gerne würde ich die Sonne auf meinem Gesicht spüren. Unbewusst bewegte ich eine Hand darauf zu, als könnte ich aus dieser Entfernung etwas ausrichten und etwas Licht herein lassen.

Mit der Handbewegung merkte ich, dass ich an Kabeln und Schläuchen hing. Was hatte ich bekommen? Gaben sie mir irgendetwas Schlimmes?

Auch wenn ich unterbewusst wusste, dass dieser sterile Raum in ein Krankenhaus gehörte, so konnte ich die dunklen Gedanken nicht abschütteln.

Ängstlich und panisch riss ich mir alle Kabel ab

und den Schlauch gleich mit. Mein Handrücken fing an zu bluten, aber dies war mir egal, ich wollte nur hier weg. Raus in die Sonne und in das Licht, welches bei mir im Inneren erloschen war. Mir war auf einmal unglaublich kalt, ich zitterte und meine Beine gaben unter mir nach, als ich versuchte aufzustehen.

In weiter Ferne hörte ich Stimmen. Jetzt würden sie wieder in mein Gefängnis kommen und mich weiter quälen. Ich spürte ihre Hände auf mir und ich fing an zu schreien, weil dies die einzige Waffe war, die mir geblieben war.

Ich wurde zurück gedrängt und ich fühlte etwas Weiches unter mir. Die Matratze.

Diese eklige, klebrige Matratze.

Meine Schlafstätte.

Mein Zufluchtsort.

„Ich gebe ihm etwas zur Beruhigung." Eine unbekannte Stimme drang langsam zu mir durch und als meine Arme festgehalten wurden und ich einen kleinen Einstich spürte, wurde ich von Sekunde zu Sekunde ruhiger.

Meine Augen starr vor mich hin gerichtet tauchte ein Gesicht vor mir auf. Mit einer Lampe wurde in meine Augen geleuchtet und der Arzt fragte mich irgendwas, aber ich war froh über das Medikament, was sie mir gespitzt hatten, denn langsam glitt ich in einen Schlaf und hoffte- betete, dass die beiden Männer mich nicht bis in meine Träume verfolgen würden.

Wieder wurde in meine Augen geleuchtet, doch ich starrte auf die weißen Vorhänge, welche den Blick in den Flur der Station hinaus verhinderten. So viel hatte ich schon heraus gefunden, aber ehrlich gesagt war es mir egal.

Mir war einfach alles egal.

Auch als die Zeit immer weiter vor ran schritt.

Tag um Tag verging und die Ärzte untersuchten mich. Ich hörte noch nicht einmal hin.

Ich glaubte allmählich, dass ich noch immer in meinem Gefängnis gefangen war und dies war eine neue Art wie man mich folterte.

Kit und Javier waren ziemlich kreativ, das hatte ich in den paar Tagen unter ihrer Obhut gelernt. Sie kannten unzählige Arten einen zu quälen.

Aber ich glaube, was mir den letzten Funken meiner Selbst genommen hat war, dass ich noch nicht einmal reagieren konnte, wenn Dexter Rune sich im Zimmer aufhielt.

Seine Hände suchten immer wieder meine Nähe, aber ich zuckte zusammen, schüttelte ihn ab. Ich sah in meinem Augenwinkel, wie enttäuscht er darüber war, aber ich wusste nicht wie ich jemals wieder körperliche Nähe ertragen sollte.

Dexter hatte mich einmal als sanft und rein bezeichnet. Vielleicht war ich es irgendwann mal gewesen, aber jetzt war ich beschmutzt und mein Körper zeigte deutlich diese Spuren.

Sie machten mich zu einem komplett neuen Menschen und innerlich trauerte ich um den jungen Mann, der immer ein Lächeln im Gesicht gehabt hatte. Er hatte versucht aus jeder Situation das Beste daraus zu machen. Dieser junge Mann hatte mich verlassen und ich wusste nicht, wie ich ihn zu mir zurück bringen sollte.

Kapitel 20
Dexter

Es vergingen Tage, Wochen und Nuriels Zustand änderte sich nicht. Wie auch? Wenn man die ganze Zeit in diesem kahlem Raum lag, würde ich mich auch nicht erholen können, also redete ich mit dem Arzt, dieser war natürlich nicht einverstanden, weil Nuriel eine Gefahr für sich selbst darstellte, aber ich nahm ihn trotzdem mit nach Hause. Dort würde es ihm sicherlich besser gehen, als in dem sterilen Krankenhaus. Schon die Luft stank nach Krankheit und ich wollte es Nuriel nicht eine Sekunde länger lang antun dort zu bleiben.

Mit Reuben verfrachtete ich ihn ins Auto. Nuriel starrte aus dem Fenster, sprach kein Wort.

Meine rechte Hand hatte mich in den letzten Wochen noch mehr unterstützt als zuvor und darüber war ich auch froh.

Er wachte über meinen Engel, wenn ich mal schlafen musste und auch die Geschäfte hatte er soweit unter Kontrolle.

Kit und Javier waren inzwischen tot und ich hatte sie förmlich auseinander genommen, als ich nach einen Besuch bei Nuriel zu ihnen gefahren war. Die Beiden wurden bis dato von meinen Männern bei jedem Schritt beobachtet und unter Quarantäne gestellt.

Nach meiner Rache fühlte ich mich besser, aber als ich wieder im Krankenhaus gewesen war, war dieses Gefühl schon wieder verschwunden. Denn egal was ich ihnen angetan hätte, es würde nichts ungeschehen machen, was sie meinem kleinen Engel angetan hatten.

Inzwischen waren wir im Schlafzimmer angekommen und ich legte meinen Schatz auf das weiche Bett, was er immer in den höchsten Tönen gelobt hatte, allerdings blieben heute seine Lippen versiegelt und seine Augen waren matt und ohne dieses Leuchten, was sie ausgemacht hatten.

Ich strich ihm die Haare aus dem Gesicht, welche bereits ein ganzes Stück gewachsen waren. Bei meiner Berührung zuckte er zusammen und ich nahm meine Finger schnell von ihm, damit er sich beruhigen konnte.

Mit leisen Schritten ging ich hinaus, verschloss die Tür aber nicht, damit ich hören konnte wenn er etwas brauchte, falls er wieder zu sprechen anfing.

Reuben war bereits in der Küche und hatte zwei Tassen Kaffee eingegossen.

„Wie geht es ihm?" Reuben nahm es auch mit, dass der Kleine nicht mehr er selbst war. Ich glaube er hatte ihn langsam lieb gewonnen.

„Alles unverändert." Ich nahm einen großen Schluck und ließ das heiße Getränk meine Kehle hinunter laufen.

„Ich weiß, der Zeitpunkt ist unpassend, aber wir haben Benjamin Jenson gefunden."

Der Onkel von Nuriel war untergetaucht und ich hatte seit langer Zeit keinen einzigen Gedanken mehr an diesen Menschen verschwendet.

„Wo ist er?"

„Wir haben ihn in Gewahrsam und warten auf deine Entscheidung."

Ich hatte keinen Nerv mich um diesen Mann zu kümmern. Ich sagte Reuben, dass er ihn erst einmal einsperren sollte, damit ich mich später um ihn kümmern konnte. Er nickte nur und ging aus dem Loft, was vor ein paar Wochen noch voller Leben war.

Ich starrte aus der Fensterfront, kam aber nicht soweit, da der große schwarze Flügel meine Sicht versperrte.

Ich hatte ihn bestellt, als ich mit Nuriel auf der Couch gelegen hatte, kurz nachdem wir von unserer Shoppingtour wieder gekommen waren. Ich hatte mir vorgestellt wie er da sitzen würde. Las Vegas und die Lichter der Stadt im Hintergrund, während er mir etwas vorspielte und seine Stimme durch die Wohnung hallte, als würde ein Engel singen. Aber jetzt schwieg er und es brachte mich um den Verstand, weil ich rein gar nichts tun konnte.

Kapitel 21
Nuriel

Irgendwann kam ein Mann zu mir und versuchte mich auszufragen.

Seine erste Frage war, wie ich mich fühlte. Wenn ich gekonnte hätte, hätte ich gelacht, aber ich schaffte es nicht, denn ich fühlte mich so unendlich leer.

Dexter schmiss ihn dann irgendwann raus, vielleicht konnte er dem Mann auch nicht mehr beim reden zuhören. Ich genoss die Stille, die mein Freund geworden war und schloss die Augen.

Leider ließ man mir keine Ruhe, denn ich spürte seine Hände auf mir. Ich konnte es langsam wieder zulassen, zumindest zitterte mein Körper nicht mehr, wenn er mich hoch nahm.

Er trug mich in das angrenzende Bad und ließ mich in die Wanne gleiten, nachdem er mich ausgezogen hatte. Auch dies ließ ich mit mir geschehen. Es war ein Fortschritt. Oder?

Sein nackter Körper glitt hinter meinen und so lagen wir da und ich brachte es nicht über mich aus der Wanne zu steigen. Zum einen, weil ich keine Kraft hatte und zum anderen wollte ich nicht in sein Gesicht blicken und diese Traurigkeit darin sehen.

Also blieb ich liegen, lehnte mich an ihn an und zuckte nur kurz zurück, als er anfing mich zu waschen. Ein Fortschritt.

Fürsorglich hob er mich wieder aus der Wanne und trocknete mich mit einem weichen Handtuch ab.

Dexter trug mich nach dem Bad in den Wohnbereich, diesen hatte ich seit Wochen nicht mehr gesehen.

Der Mafiaboss legte mich auf die Couch und ich konnte durch die große Fensterfront sehen, welche Las Vegas zeigte.

Meine Augen wanderten umher, um an einer Stelle hängen zu bleiben. Es war aber nicht Vegas, was meinen Blick magisch anzog, sondern der große schwarze Flügel. Ein Shigeru Kawai Konzertflügel, der vor der Kulisse von Las Vegas positioniert war und einladend im dämmrigen Licht strahlte.

Manche Leute kauften sich für das Geld ein Haus, Dexter aber hatte einen Konzertflügel gekauft.

Für mich.

Ich merkte nicht wie meine Wangen nass wurden, nur als Dex neben mich trat und mich mit schockierten Blick ansah, merkte ich meine Regung.

„Du hast mir einen Flügel gekauft." Meine Stimme klang fremd. Rau und irgendwie eingestaubt, aber dies war auch kein Wunder, denn ich hatte sie lange nicht mehr benutzt.

Dexter nickte nur, nahm mich in den Arm und ich ließ zum ersten Mal einen festen Griff zu.

Ich weinte in seinen Armen.

Um mich.

Um ihn.

Um uns.

Ich weinte mich in den Schlaf und wachte am nächsten Morgen in seinen Armen auf, die mich festhielten, als würde ich verschwinden.

Wir lagen noch immer eng umschlungen auf dem Sofa und mir tat alles weh, weil nicht genug Platz gewesen war, also hatten wir uns irgendwie aufeinander gelegt.

Die Haustür wurde leise geöffnet und ich duckte mich etwas, versuchte die bösen Geister zu vertreiben, die grausame Szenarien in meinem Kopf produzierten.

Ein Schatten warf sich über mich und ich sah mit großen Augen hinauf.

Es war Reuben. Erleichtert atmete ich auf und der Verursacher des Schattens sah von Dexter zu mir und umgekehrt.

Langsam versuchte ich aus Dexs Armen zu

schlüpfen, damit er nicht wach wurde. Und seit Wochen tat ich es. Ich stand allein auf, mit zitternden Beinen stand ich da und Reuben war an meiner Seite, hielt meinen Oberarm, gab mir kurz einen Halt, damit ich mich sammeln konnte.

Mit wachsamen Augen ging ich mit meiner menschlichen Stütze etwas aus dem Raum.

„Tut etwas weh? Musst du dich setzten?" Reuben fragte mich unzählige Fragen, aber ich bewegte mich immer weiter, bis wir im Schlafzimmer angekommen waren und ich mich kurz aufs Bett setzten konnte.

„Danke fürs begleiten." Meine Stimme war ein Flüstern, aber ich hörte Reuben erleichternd ausatmen.

„Du sprichst wieder." Ich nickte und sah zu ihm hinauf.

„Ich weiß, du hast im Moment andere Probleme, aber ich bin der Einzige, der dir dies jetzt sagen kann und wird." Mit großen Augen sah ich ihn an und fokussierte meinen Blick, weil ich merkte, wie mich das kurze Stück angestrengt hatte.

„Ihr macht einander unglaublich stark und ich hab Dexter noch nie so entschlossen gesehen, als er dich finden wollte. Aber du bist zugleich auch seine größte Schwäche. Du musst jetzt stark sein, damit Dexter wieder seinen Job machen kann, denn wenn es nicht macht, dann haben wir größere Probleme als eine Handvoll Leute der mexikanischen Mafia. Die Leute werden dies als einen Freifahrtsschein ansehen und Drogen an jeder Ecke verkaufen. Diese Stadt wäre nicht mehr die selbst. Also sei stark."

Ich hatte Reuben noch nie so viel auf einmal reden gehört. Aber etwas in meinem Inneren fügte sich wieder zusammen.

„Ich hab euch nicht gehört." Ertappt zuckte ich zusammen. Dexter kam in den Raum, offenbar war er trotz aller Bemühungen leise zu sein aufgewacht.

„Es müssen ein paar Unterlagen gecheckt werden, deswegen wollte ich dich abholen."

Reuben drehte sich zu seinem Boss und ich dachte noch einmal über seine Worte nach. Er hatte recht, wir waren die jeweilige Stärke des anderen, aber eben auch die Schwäche. Es wird sich nicht vermeiden lassen.

Dex blickte mich eindringlich an und suchte mich auf mögliche Veränderungen ab, offensichtlich wollte er meine Seite nicht verlassen.

Ich atmete einmal tief durch und sprach die Worte, auf die beide Männer gewartet hatten.

„Ich komm klar. Geh nur. Du bist ja bald zurück." Ich legte mich hin, vollkommen erschöpft schloss ich die Augen und schlief sofort ein. Woher mein unaufhörlicher Schlafzwang kam, wusste ich nicht, aber ich wachte erst am Abend auf. Die Zeit spielte seit einiger Zeit für mich sowieso keine Rolle mehr.

Ich schwang meine Beine aus dem Bett und ging in die Küche, zwar hatte ich keinen Hunger, aber ich wusste, dass ich irgendetwas essen musste. Ich nahm mir einen Apfel und aß ihn langsam auf.

Mein Blick wanderte zu dem Flügel, welcher imposant vor der Fensterfront stand und den Dexter extra für mich gekauft hatte.

Mit zittrigen Beinen stand ich auf und ging zu dem Instrument. Meine Finger strichen über das schwarze Holz und die Glätte fühlte sich auf meiner Haut angenehm an.

Der dazugehörige Hocker stand einladend da.

Ich setzte mich.

Klappte den Schutz von den Tasten nach oben.

Strich über die Tasten.

Drückte eine.

Fing an zu spielen.

Und wieder gewann ich einen kleinen Teil von mir zurück.

Kapitel 22
Dexter

Die Unterlagen waren nicht der Rede wert, aber irgendwie war ich auch froh etwas hinaus zu kommen und darauf hatte Reuben sicher auch abgezielt.

Mit neuer Kraft ging fuhr ich mit dem Fahrstuhl nach oben in das Loft, wo sich Nuriel befand. Er hatte sich sofort hingelegt, als wir gegangen waren. Er schlief in den letzten Wochen viel, aber er hatte auch viel zu verarbeiten und die kleinesten Anstrengungen kosteten ihn Kraft.

Die Tür öffnete sich mit einem Piepen und gab den Blick in das weiträumige Wohnzimmer frei.

Sanfte Töne umspielten mich und ich blieb stehen, starrte den jungen Mann, welcher an dem Flügel saß und eine Taste nach der anderen drückte.

Sein Körper bewegte sich zur entstehenden Musik und er war in seiner Welt gefangen.

Ich löste mich aus meiner Starre und ging langsam auf ihn zu. Meine Hand berührte ihn und mit tränenverschleierten Augen sah er zu mir hinauf, ohne sein Spiel zu unterbrechen.

Er rutschte ein Stück hinüber auf dem Hocker des Flügels rüber und bat mich stumm, sich neben ihn zu setzten.

Unsere Körper berührten sich, während er weiter spielte. Lied für Lied. Bis seine Finger langsamer wurden.

„Er ist wunderschön." Nuriels Stimme schwebte zu mir und ich genoss es wie sich mich umfing. Eine Zeit lang dachte ich, dass er nie wieder reden würde. Umso erleichterter war ich, als er wieder damit anfing. Seine Stimme war am Anfang rau und gebrochen gewesen, jetzt strahlte sie wieder eine gewisse Stärke aus und ich hatte Hoffnung, dass er wieder zu sich zurück finden würde.

„Es freut mich, dass er dir gefällt." Meine Arme schlangen sich um seinen Körper. Er lehnte sich mir entgegen. Sein Gesicht drückte er gegen meine Brust, ich merkte wie mein Hemd etwas feucht wurde. Sah hinab und erblickte Nuriel wie er stumm weinte.

„Ich hab es vermisst." Das einzige was ich tun konnte war ihn im Arm zu halten und ihm zuzuhören. „Ich hatte gedacht, dass ich nie wieder spielen könnte. Ich glaube, dass die Musik mich ein Stück zurück gebracht hat. Ist das verrück?" Mit seinen haselnussbraunen Augen sah er zu mir nach oben.

„Nein, ich finde das nicht verrückt. Die Musik ist ein Teil deines Lebens." Ein zartes Lächeln und schon war es um mich geschehen.

Unsere Lippen berührten sich- nur leicht, aber es war beflügelnd. Als wir uns voneinander lösten, sahen wir uns tief in die Augen, sahen uns in die Seele.

Ich sah seinen Schmerz, sein Leid und einen Leuchten, welches uns beiden neue Hoffnung schenkte.

„Ich wollte dich etwas fragen." Überrascht sah mich Nuriel an und wartete, dass ich weiter sprechen würde.

„Wir haben deinen Onkel gefunden." Ich sah, wie sich seine Pupillen weiteten. „Ehrlich gesagt weiß ich nicht was ich mit ihm machen soll."

„Und die Frage?" Mit einem Schmunzeln blickte ich zu dem jungen Mann, der in meinen Armen lag.

„Was würdest du mit ihm tun?" Sein Blick richtete sich in die Ferne. Beobachtete Vegas von oben und atmete einmal tief ein und aus.

„Ich will nichts mit ihm zu tun haben." Ich nickte nur und küsste ihn auf sein Haupt.

„Aber ich wünsche ihm nichts schlechtes." Jetzt war ich derjenige, der überrascht war.

„Er ist Drogen- und Alkoholabhängig. Würdest du ihn in eine Klinik einweisen." Ich starrte ihn mit offenen Mund an, wusste nicht was ich sagen sollte.

„Würdest du?" Sein flehender Blick traf direkt mein Herz.

„Natürlich." Seine Lippen zogen sich zu einem Lächeln, was mich sofort ansteckte. „Du bist zu gut für mich, deinen Onkel, eigentlich für alle Menschen. Deine Güte macht dich zu jemand ganz besonderen. Ich liebe alle Seiten an dir. Deine guten und deine bösen. Ich liebe es, wenn du dich mir hingibst und mich dabei ansiehst, als würde es nur mich geben. Du bist und bleibst das reinste Wesen, welches ich in meinem Leben kennen lernen durfte, nichts und niemand kann daran etwas ändern. Du bist ein gute Seele, ein Licht für die Menschen um dich herum. Vergiss das niemals und wenn doch, dann werde ich es dir jeden Tag meines Lebens erneut sagen."

Sein Blick war voller Liebe. „Ich liebe dich auch Dexter Rune. Und wenn ich alles noch einmal durchmachen müsste, um am Ende wieder in deinen Armen zu liegen, ich würde es tun. Auch wenn ich Stücke von mir auf dem Weg verliere, du fügst alles wieder zusammen."

Seine Lippen waren weich und der Kuss war voller Versprechungen und der Anfang von einer Zukunft.

Unser Weg würde noch einiges für uns bereit halten und Nuriel hatte noch einiges, was er überwunden musste, aber ich würde keinen Schritt ohne ihn gehen wollen, würde an seiner Seite sein, um ihn der Halt zu sein, welchen er benötigt.

Epilog
Nuriel

Ich machte langsam aber sicher Fortschritte. Mein Psychologe, welcher diesmal wirklich professionell wirkte, stimmte mir dabei zu und auch innerlich hatte ich das Gefühl, das ich etwas von mir zurück gewonnen hatte.

Dexter unterstützte mich bei allem was ich anging und ich liebte ihn für jeden Schritt den wir gingen nur noch mehr.

Ich akzeptierte langsam was mit mir geschehen war und dass ich keinem die Schuld geben konnte, außer den Männern die dieses Verbrechen begangen hatten.

Es war nicht Dexters Schuld, auch nicht meine. Sondern es waren Kit und Javier, die diese hatten.

Auch wenn ich keinem Menschen den Tod wünschte, so war ich doch froh, dass sie nicht mehr lebten und keinem anderen mehr quälen konnten.

Ich hatte die Schlagzeilen gelesen, auch wenn Dexter und Reuben alles von mir fernhielten was damit zu tun hatte. Außerdem hatten sie sich eines Abends zu laut darüber unterhalten, als sie dachten ich würde schlafen.

Zwei verstümmelt Menschen, welche nicht

identifiziert worden waren, aber eine Handvoll Leute wusste es.

Dexter. Reuben. Ich.

Das reichte.

Der Tod der Beiden machte es etwas erträglicher und ich merkte, wie ich nicht mehr bei jedem Geräusch zusammen zuckte. Es war ein Fortschritt.

Ein weiterer würde folgen, als ich meine Schuhe zuband und durch die Eingangstür ging. Im Fahrstuhl musste ich allerdings noch einmal tief durchatmen.

Meine Beine trugen mich von allein nach draußen und die Hitze von Las Vegas war erdrückend. Reuben stand auf einmal vor mir und sah mich mit eindringlichem Blick an.

„Wo willst du denn hin?" Ich räusperte mich und versuchte mehr Mut rüber zu bringen, als ich eigentlich besaß.

„Ich brauche ein paar Sachen. Ich will sie selbst einkaufen gehen."

Verwundert und vielleicht auch ein wenig stolz sah er mich an und gab mir den Weg frei. „Ist es okay wenn ich dich begleite?" Das Reuben fragte machte mir wieder mal klar, wie einfühlsam er sein konnte. Ich gab ihm mit einem Nicken zu verstehen, dass ich einverstanden war.

Mit bedachten Schritten und immer eine Blick um mich herum werfend machte ich mich auf den Weg.

Meine Liste war lang und ich besorgte alle Sachen die ich darauf geschrieben hatte. Auch wenn Reuben mich begleitete, hatte ich das Gefühl, als würde ich etwas von meiner Freiheit zurück bekommen.

Am Anfang wollte ich die schützenden Wände von Dexters Wohnung nicht verlassen, doch irgendwann starrte ich durch die großen Fensterfronten und fragte mich, ob ich nicht etwas verpassen würde, wenn ich immer nur in meinem vier Wänden hockte und hoffte Dexter würde zeitig zurück kommen, damit ich Gesellschaft hatte.

Nach zwei Stunden, standen wir wieder in der Wohnung ich müsste Lügen, wenn die letzten Stunden spurlos an mir vorbei gezogen wären. Mir stand noch immer der Schweiß auf der Stirn und meine Atmung war sicher nicht gleichmäßig, aber ich hatte einen weiteren Schritt in die richtige Richtung gewagt und gewonnen.

Es waren kleine Siege, aber es waren Siege.

Ich bedankte mich bei Reuben und bereitete alles vor, was ich heute erworben hatte. Ich starrte immer wieder auf die Uhr und schaffte es gerade noch rechtzeitig, als ich schon die Eingangstür hörte.

Ich saß auf dem Bett und wartete.

Ich stellte mir vor, wie Dexter durch die Eingangstür trat. Er würde die vielen Kerzen stehen sehen. Er würde mit langsamen Schritten den Weg gehen, den ich mit den Kerzen vorgegeben hatte. Vor der Schlafzimmertür würde er kurz stehen bleiben und durchatmen, sich fragen was ich mir ausgedacht hatte und was sich nun hier drin verborg.

Die Tür ging auf und ich sah in seine Augen.

Dieses wunderschöne Grün. Ich würde mich nie sattsehen können.

Die Kerzen tauchten das Zimmer in ein angenehmes Licht und die roten Rosenblätter dufteten himmlisch.

Dexter streifte sein Sakko und die Schuhe ab, kam auf mich zu. Beugte sich langsam zu mir hinunter und hauchte mir einen Kuss auf die Stirn, auf die Wange, auf meine Lippen. Zog meine Gesichtszüge mit seinen großen Fingern nach.

Er sank auf das Bett, immer darauf bedacht den Kontakt zu mir nicht zu verlieren.

Im Moment brauchten wir nichts sagen, denn ich konnte jedes Gefühl spüren, welches er mir zeigen wollte.

Er zog mich aus und ich genoss die warmen Hände auf mir. Seine Lippen küssten jede Stelle meines Körpers.

Bei meinen Narben machte er halt und sah mir in die Augen, lächelte mich an. „Ich liebe dich." Mit diesen Worten machte er weiter und ich vergaß alles um mich herum.

Dieses Mal war anders, alles war anders. Er liebte mich. Langsam. Zärtlich. Nicht zu fest und nicht zu sanft. Genau richtig.

Epilog
Dexter

Ich wachte noch vor meinem Schatz auf. Ich beobachtete jede seiner Züge, strich ihm vorsichtig eine Strähne aus dem Gesicht. Das Gesicht meines Engels wurde durch die ersten Strahlen der Sonne angestrahlt und er sah so friedlich aus, wie er da lag und schlief.
Er hatte die Nacht ruhig in meinen Armen gelegen und ich hatte jede Sekunde davon genossen.
Gestern Abend war eine Überraschung gewesen. Ich hatte nicht gedacht, dass Nuriel schon so weit war und mich an ihn ran ließ, aber mein Engel war stark und es kam immer mehr Wärme zurück, die ich in den letzten Wochen versucht hatte zurück zu bekommen. Mein Inneres war erkaltet, als ich merkte, dass Nuriel entführt wurde, aber jetzt- in diesem Moment konnte alles wieder gut werden. Seine Geste gestern Abend hatte es gezeigt.
Die Rosenblätter und die Kerzen, die ich von allein hab ausgehen lassen, weil ich wusste, dass Nuriel nur schlecht schlafen konnte wenn es gänzlich dunkel war, ließen mich ein Hoch erleben.
Er hatte sich ins Zeug gelegt und ich fragte mich wo er die ganzen Sachen dafür besorgt hatte.

Vielleicht hatte ihm Reuben bei der Aktion geholfen.

Mit einem Schmunzeln küsste ich meinen Schatz wach und ein verschlafendes Grummeln war zu hören. Langsam gingen seine haselnussbraunen Augen auf und ein sanftes Lächeln umspielte seine Lippen.

Mein Herz blieb bei diesem Anblick stehen. Die Sonnenstrahlen tauchten unser Schlafzimmer in eine angenehme Atmosphäre und ich wusste, dass es mich nicht hätte besser treffen können.

Ich küsste Nuriel und strich durch sein weiches Haar, löste meine Lippen wieder von seinen und sah in das Gesicht meines Ein und Alles, meines Engels.

„Heirate mich."

Mit Schock geweiteten Augen sah ich ihn, als wären sie so gar nichts das, was er erwartete hätte. Ehrlich gesagt hatte ich mich damit auch selbst überrascht, aber ich wusste, dass es das einzig Richtige war.

Unsere Lippen trafen sich und wir waren im Einklang, wussten dass wir zusammen gehörten, und dass wir alles meistern konnten.

Danksagung

Ich finde Danksagungen zu schreiben ist schon immer der schwierigste Part an einem Buch. Aber eines kann ich ganz klar und deutlich sagen- ohne dich, wäre dieses Buch so nicht vorhanden, wie es jetzt ist. Du warst und bist schon immer meine Probeleserin und wahrscheinlich mein größter Fan, auch wenn du meine große Schwester bist und du sowieso alles liest, was du in die Finger bekommst. ;)
Dank dir liegt dieses Buch jetzt vor uns.

Einen großen Dank auch an alle LeserInnen dieses Buchs. Ich hoffe ihr seid auch bei meinem nächsten Werk mit dabei.

Ich freue mich auch immer über euer Feedback.

alice.easton@web.de

weitere Werke:
Die Gefährten der Magier (Fantasy)
you keep me safe (Gay/Romance/Fantasy)

you keep me safe
Gay/Romance/Fantasy

Als Sam seine Mutter verlor geriet sein Leben aus allen Fugen. Bei seinem Vater lernte er ein Leben voller Gewalt. Bei seiner ersten Verwandlung wurde er verprügelt und in einen Käfig gesteckt.

Nathan ist der Alpha eines Rudels, welches er von seinem Vater übernommen hat. Als sie Gerüchte über einen Menschen hören, der Hunde quält, kann das Rudel dies nicht einfach hinnehmen. Aber niemals hätte Nathan gedacht, dass in einem der Zwinger sein Gefährte gefangen ist.

ebook	3,99
Taschenbuch	8,99
Hardcover	15,99

Die Gefährten der Magier
Fantasy

Die Schule der Magier hat ein hohes Ansehen, jedoch hat Emilio keine großen Kräfte und dementsprechend fällt ihm sein Leben auf der Schule schwer.

Jedoch soll sich dies ändern, denn die Schüler sollen endlich ihren Gefährten beschwören und Emilio bindet womöglich das stärkste Wesen an sich, was es in seiner Welt gibt.

Doch ein Krieg der bereits vor 20 Jahren hätte beendet werden sollen, scheint nun wieder an die Oberfläche vorzudringen.

Emilio und sein Gefährte müssen sich entscheiden welchen Weg sie einschlagen wollen.

ebook	8,99
Taschenbuch	12,99
Hardcover	21,99

Zeitfracht Medien GmbH
Ferdinand-Jühlke-Straße 7
99095 Erfurt, Deutschland
produktsicherheit@kolibri360.de